愛的抉擇

如何陪伴療護與尊重放手

漢克・鄧恩——著
杜柏——譯

Hard Choices for Loving People by Hank Dunn

愛的抉擇 目錄

第五章 順其自然的歷程

〈導讀〉

回歸最初的生老病死

陳福民

人類文明發展的脫軌，已遭到大自然的反撲。在各種自然災害中均已嗅到了煙硝味，並已引起全世界領袖的關注。其實在與生命有關的醫學科技中，同樣出現令人擔心的發展。就連生、老、病、死這些自然的事，在經過商業化醫療的介入後也變了調，政客們或許只注意到醫療費用的節節升高將拖垮財政，卻不知醫療科技的誤用，已超越了人類演化的速度，勢必造成人生理及心理的改變，使社會發展走入歧途，同樣的會萬劫難逃。

讓我暫時跳出醫師利益的立場，僅以專業知識來看生、老、病、死是如何的脫軌。

「生」應是性的自然目標，西諺"Like birds and bees."表示生命的現象是如此的自然。但醫療的進步卻讓「生」變得複雜，而且越文明的社會越複雜，也越脫離自然。今天許多人將「性」與「生」脫鉤。所謂上流社會的人，更傾向不願生、不敢生。從男人精蟲數日漸減少、女人生育年齡一再延後、人工生殖的日形普遍、剖腹產率的節節高升，均表示社會環境及醫療科技已改變人類的「性」與「生」。有一天你會發現，人已不知性、不會生。

「老」應是生命必然的過程，從人生下的一刻起，每一個細胞就在逐漸走向衰老。許多慢性疾病都是細胞退化衰老的結果，是一種不會回頭的過程。即使新科技的器官移植、幹細胞再生，也改變不了整體生命的老去。但貪婪驅使下的生物科技，卻仍在追求秦始皇的長生不老之夢。宣稱可使人青春地活到一百二十歲、兩百歲……。滿坑滿谷的抗老產品，已在市場中超越正統醫療值的三倍。諷刺的是，世界最長壽的人種（厄瓜多的維康巴斯人、俄羅斯的愛布克遜人、巴基斯坦的宏薩人）都生活在沒有這些產品的地區，而且實證醫學的研究報告，屢屢應證非自然的服用維他命、礦物質、賀爾蒙、蛋白、乃至抗氧劑等，並未延長人的壽命，且常是害多於益的。剛發表的二〇〇九年諾貝爾醫學獎是頒給三位研究細胞端粒酶（telomerase）的學者，報紙誇稱將其適當控制即可使人長生不老。我不是研究染色體的專家，照理無資格表示意見，但萬事均有理可循，按照生命的本質，長生不老就已超越了自然法則，演化均有環境因素的存在，強改生命絕對可能使生命成為怪物。想想經億萬年演化出來的人類生命，其過程是何等的複雜精細，怎麼可能在短期內經幾樣抗老產品就脫胎換骨？治病是將出軌的狀況恢復正常，不能與抗老相比，所有宣傳中強調的抗老功效常是暫時的、治標的，隱藏在背後的害處，要到產品賺足後才會被證實。抗老最有用的賀爾蒙製劑就是活榜樣。

「病」應是指生命出軌的狀態，當醫學清楚研究出其原因時，確是醫療最能掌控及治療的部分。即使對許多早期退化性疾病，均能很好掌控。但當疾病或生命走到末期時，顯然已非醫療科技可以控制的。將之勉強用於患者，所造成的痛苦會遠多於幸福，違背了醫學要解救病人痛苦的基本原則。疾病及生命走到末期，在醫學上是可以判斷的，若因親人之不捨，社會誤以「人道」或「尊重生命」強加治療，相信去呼吸治療中心看過的人，均會認為那不是「人道」，更非「尊重生命」。根據健保局楊銘欽研究員兩千年的報告，人民在死亡前一年的醫療費用為其他每年的十七．四倍，《新英格蘭醫學雜誌》也發表，生命最後一年醫療的消費，隨醫療科技發達直線上升，從一九七六年到一九八八年，足足增加了四倍，生命的最後六十天佔掉五十二%的醫療消費，難道這是正常的文明發展？

「死」應是生命終止的自然結果，在半世紀前死亡的過程仍相當簡短、安祥、有尊嚴，稱之為「壽終正寢」。但我最近親身面臨自己及好友親人的壽終，感受到太多人在為「親情難捨」做掙扎。即使我是行醫四十五年的老醫師，也很難幫得上忙。一來絕大多數的人並沒有失去親人的經驗，也沒有被教育過該如何面對，更重要的是，社會處理「往生者」的模式已被醫療、法規所綁架，使「自然死亡」變得困難。

在目前的社會結構下，醫生及醫院與生、老、病、死關係最密切，在人往生的過程中影響力也最大。因此與生、老、病、死相關的教育、法律、資源分配及行政管轄大多受醫師的影響，其實臨床醫師所專注的部分局限於「病」。「生、老、死」大部分為生命中的自然過程，需要的是照顧（care）而非治療（cure），醫師能著力的地方有限，應該由公共衛生、社會福利專業的人來主導。目前由臨床醫師主導的局面，是將「生、老、死」都當「病」在處理，完全忽視及扭曲了自然之「道」，間接也扭曲了人民的倫常思維，使原來是簡短、安詳、尊嚴的往生過程，在尊重生命、延長生命的思維下，實際變成了增加痛苦、延長死亡。背離了文豪泰戈爾筆下的生命境界「且讓生燦如夏花，死美如秋葉」。

漢克．鄧恩所著《*Hard Choice For Loving People*》一書，我把它譯為「親情難捨」，漢克．鄧恩曾任安養院（nursing home）及安寧療護院（Hospice，指僅為病患提供身心解除痛苦，不提供治病的機構）的駐院牧師長達三十年，經歷了許多生命的臨終照顧。他不是醫師，但從他的文字中可確定，他很清楚各種臨終的疾病，也了解各種新醫療科技的功能及醫師在社會規範下的常規做法，更了解臨終病患及其親人的心頭困境。他雖然沒有直接批評其中的錯誤，卻以數據及實例指出造成「難捨」的原因。如社會對病危的處置模式就是叫一一九送急診。一一九專業技術員的責任就是使用一切可能的方法，將患者活著（有心跳）送到急診室，而急診室醫療團隊的責任就是盡一切可能醫治患者。這對原本健康的人發生意外時，如車禍、溺水、中毒、心律不整、血糖過低、虛脫等是正當的救命醫療措施，但對大部分生命或疾病已走到末期的患者，不只是財政上的浪費，根本是讓病人增加痛苦、延長死亡。訪問被CPR（心肺復甦術）救活的病患，最確切的回答是「整個事情根本是場殘酷的惡作劇」，絕大部分這類患者都拒絕重來。而對於被插上氣管插管、裝上呼吸器無法摘除的患者及其家屬，更是一場長期惡夢。書中也討論昏迷、失智、及末期病患之人工餵食、洗腎、止痛、用藥等問題，基本的解決之道是教育人民對末期生命的認識及加強安寧療護的工作。

這本書因幫助我這個老醫師更深切的認識生、死，故在城邦出版營運長楊仁烽兄（現為聯合報系金傳媒執行長暨經濟日報社長）失慈期間推薦他閱讀，而得以譯成中文出版。本書當然是人們該讀的臨終教材，但更應該讀的可能是當政者，如何把如此重要的社會問題，透過教育、立法、資源分配、行政執行而做到合理。今天世界在資本主義的領導下激勵了人性中好勝、好奇的競爭力，使物質文明的發展一日千里，但也加強了人性中自私、貪婪的腐化力，使精神文明只剩下錢。美國為首的醫界（包括台灣醫界），為免於被告且可獲利，所執行的不必要診治已越來越多，多到要拖垮國家的財政，美國醫療的開銷已達其GDP的十六％，無疑已是世界之最，但其人民的平均壽命、母親死亡率、週產期死亡率及各種健康指數均排名不高，表示其醫療效果不合其價值，必須改革；但從柯林頓總統到歐巴馬總統均無法推動，原因就出在那些從醫療市場獲利者的抗拒及人們的無知，這當然只有依靠政府能行使其公權力及「導民以正」。

如本書所述，政府可做的事至少有：（一）教育：加強人文思想教育，使人民對生命、親情、保健、預立醫囑等有正確的觀念，了解先進醫療科技的適應及不適應狀況，培訓安寧療護之專業人員及義工；（二）法律：保障醫師對生命認知的專業權威，避免不當的保護醫療；（三）財政：將以照顧為主的生、老、死相關財政與以治療為主的疾病財政有所區隔，遏止不必要的治療；（四）管理：由公衛及社會福利部門，建立社會長期健康照顧體制，尤其是國內尚沒有的「安寧療護院」，推動義工為主的居家安寧照顧，推動預立醫囑，則人民對親人的往生問題才能做到「親情永在」、「慎終追遠」的境界。那麼。鄧恩的這本書才真正發揮了功能。

（本文作者為中山醫院董事長暨婦產科主任）

〈專文推薦〉

讓臨終隨緣的醫療

江漢聲

醫療文明進步到今天，人性關懷發揮到極致，才有這本書的出現——以臨終決定和安寧療護為主題的醫療。

近代醫療費用是節節升高，而居高不下的花費是急重症的醫療，為什麼呢？因為病人需要最精密的儀器檢查、最多的加護人力照顧，更可怕的是最昂貴的臨床新藥使用；所以有人粗估，約有三分之一的醫療費用是用在急重症——而且大部分是在末期或臨終病人，家屬和醫療人員全不計一切，為了和死神拔河，讓病人恢復一絲生機。最後的結果是如何呢？

當然，少部分的病人幸運又健康地存活一段人生，然而大部分病人是從死神那邊撿回了一些時間，這個時間或許是幾天、幾星期到幾個月，然而在這個時間內的病人全身插滿管子、連結到各種機器上、神智不是那麼清楚、或許因為藥物副作用而極度痛苦。雖然生命無價，然而有人開始質疑，這用錢買回來的「人工」生命是否值得？是否是病人或家屬的期待？

如果把這麼一大筆錢移作更有價值的醫療或社會福利，是不是更公平的資源分配？也是這本書提到的「適時放手」，讓臨終病人順其自然——英文是"Letting go and Letting be"，我們用優雅的一個詞「隨緣」，也就是不要用昂貴的代價去買毫無品質的「人工生命」，而是讓病人的人生最後一程有尊嚴、有品味地走完，也許這才是上天的意思，也許是病人和家屬們的意願。在今天的醫療文明中，我們講「全人」照護（holistic care），就是照顧病人的身心靈。有品味有尊嚴的生命才合乎全人醫療的完美精義，基於這個理念，臨終這一程的醫療設計就必須特別講究。

其實我們談人生「全程」的照護，包括從在母體的胚胎開始、新生兒、幼童、青少年、成年、中老年乃至於臨終，都有不同的重點，如果大家都認定這是病人的臨終旅程，就要讓他好好走、無所牽掛，不要讓他痛苦萬分、傾家蕩產，為的只是展示醫學的功力。在這本書內，對臨終醫療有詳細的敘述，包括各種止痛程序、緩和療護、急救措施等，對一個脆弱但珍貴的生命而言，這些醫療和用在健康的成人有很大的差異，包括許多人性化的考量值得醫護人員參考。

如今，安寧療護（hospice）已是一項專業，在台灣有專業醫師的訓練和證照，也開始有健保的給付；因為我們社會已正視這個課題——為一個安詳、有尊嚴的臨終旅程做完整的醫療和準備。然而除了醫療，病人們還需要什麼？事實上，他們需要太多太多的人性關懷和這個世界給他們的愛。

我曾參加印度加爾各答垂死之家（即德蕾莎修女所創之收容機構）的醫療服務，這些路倒的貧苦垂死病人，除了一般醫療照護之外，他們最感激的莫過於大家付出的關愛。我最感動的一幕是當有一位病人臨終時，大家圍著他祈禱，看著他帶著感激的眼神，逐漸閉上眼睛，滿懷溫暖安詳地離開人間；這段短短的人生卻是一段充滿人性光輝的一程，是不是每個人都想要有這麼一程？我們也在安寧療護運用的工作坊辦過音樂治療，對於臨終病人而言，他很想把過去人生的美好或未完成的願望重新經歷一回，藉著親友的愛，或許他可以得到最大的滿足，這可能比任何治療或藥物更能撫慰病人，對他們而言，也是人生這一程彌足珍貴的最好禮物了！

一個智慧圓熟的現代人，都應該自修一門「生死學」，去參透人生的生老病死、也更能宏觀地去看人間世界的種種，對這本書的內容，就會有相當的認同。正如泰戈爾所言：「**死的印記賦予生命的錢幣價值，使人能用生命去購買那真正的寶物。**」寶物之一，也就是臨終隨緣、人性關懷的醫療了！

（本文作者爲輔仁大學醫務副校長）

〈專文推薦〉

給女兒的一封信
——兼序《愛的抉擇》

何飛鵬

芳、芝；我最愛的兩個女兒：

這件事在我心中想了很久，現在我決定用信件來告訴妳們，雖然這可能是許久以後才會面對的事，但我怕我沒機會說，所以現在就告訴妳們。

我是一個熱愛生命的人，但我更重視生命品質。我希望我永遠能動，到處走走，感受體驗這個世界。因此不能動，對我是件痛苦的事。

我喜愛這個世界，我希望我能看、能聽、能說、能和這個世界溝通互動，這也是我活著最大的樂趣。

我喜愛探索這個世界，思考、動腦是我最自豪的事，如果有一天我還在呼吸，卻無法思考，我絕對不能忍受。

我的個性，你們都應該清楚，但是我怕當災難來臨時，妳們會驚慌失措，會被世俗的價值牽引，會被醫療體系影響，而做出違反我的意願的事。

記得阿嬤最後在療養院的日子嗎？那時候我們已不太確定阿嬤是否還有反應，她只能躺在病床上，接受餵食。我多期待，當我叫她時，她能回答我一句，哪怕是只給我眨一下眼睛，我都會滿心歡喜。只是自從她躺下之後，她就不再給我機會。

所以當後來阿嬤身體惡化時，我和媽媽及所有的姑姑、叔叔們商量，我們決定放棄一切侵入性急救的措施，讓阿嬤靜靜的好走。

我沒來得及和阿嬤商量這件對她關係重大的大事，因為她健康時，難以啟齒，而她躺下時，我們就來不及溝通了。

為了避免妳們陷入相同的困境，我決定現在告訴妳們：有關我的最後日子的決定。

一、如果我不能思考、不能說話、不能看、不能動、和外界不能互動、不能自己進食、不能自己呼吸，而且這不是短期狀況，而是永遠的折磨，在可見的未來，醫療的進步也不可能讓我回復健康，那麼拿掉呼吸器，讓我安靜地走吧！

二、當我處在這種「生不如死」的植物人狀況時，妳們需要一段時間去確定：我是否完全不能與這個世界回應溝通。當我處在這個狀況時，如果我還有知覺，我一定會想盡辦法讓妳們知道「我還能回應」，所以請觀察我所有的行為。手指、眼睛，將是我最後的指望。如果我真的都沒有回應，那就是我們來生再見的時候了。不論發生任何狀況，就不要再給我做任何的急救措施了，尤其是CPR。

三、如果我不是因為老化而躺上病床，是因為意外，那醫生的意見就很重要，如果是救回一個能與外界互動、有意識的我，那我才要接受急救。我或許會失去手、失去腳，但只要我能想、能表達、能看、能感受、能回應這個世界，這樣把我救回來才有意義。

我這一生，看透了人間的生死離別。我六歲時妳們的爺爺就離我而去，他選擇自己了斷生命，再來是外婆、外公及阿嬤，還有太多的親人，陸陸續續離我們而去。我很清楚，不論再親近的人，都會有分離的一刻，而分離的痛苦，也就是一個月、三個月、半年、一年，日子總要過，也要回歸正常。而病床上的人，不論對自己，對陪伴侍候的親人，都是痛苦的折磨。所以治療的目的若不能回復健康，或維持一定的生命品質，那治療的意義已經不存在，這時候，我們要用更豁達的態度來看待，請不要拘泥於世俗的「孝順」、「親情」，這就是我想告訴妳們的話。寫完這封信，我感到無比的輕鬆，希望妳們不要說我杞人憂天。

活著，對我不重要，要活著能動、能看山、看水、能打球、能聊天、能看書、能思考、能做事、能挑戰、能捉弄別人、能冷眼看世界、能對別人有貢獻、能有最基本的生命品質，這才是我期待的。請不要讓我被醫療過程折磨，也不要變成妳們的痛苦。

記著，這是我的決定，而不是妳們拿去我的生命，妳們只是按照我的意願，做妳們該做的事。

（本文作者爲城邦出版集團首席執行長）

〈專文推薦〉

無憾無悔地說再見

趙可式

好友大偉從美國返台，急切地打電話向我求助，他七十八歲長期洗腎多年的老父親，因感冒併發肺炎住入某醫學中心加護病房（ICU），由口插入氣管內插管，再接人工呼吸器，時間已長達二十多天，由於醫師擔心由口插管太久，會造成氣管糜爛，因此要求家屬簽同意書，作氣管切開術，以便插管可以改道並長久放置呼吸器。家屬非常為難，不知該如何做決定。老父親不識字，但意識清楚，因插管而無法講話，當家人問他是否願意接受氣管開一個洞，以便接人工呼吸器時，老父堅決搖頭，並露出生氣的表情。當我到ICU的家屬休息區，召集大偉一家人開家庭會議，來做一個明智的決定時，四周一些不認識的其他病人家屬也逐漸湧近，結果有三位病人遭遇相同的醫療抉擇困境，我就一起召開三個家庭會議。

另二位病人的情況是：

一位是在安養中心住了十八年，高齡九十且罹患失智症多年的陳阿公，在餵食時不慎誤入氣管，造成吸入性肺炎，急救時插入氣管內插管，現在也面臨氣切的抉擇。陳阿公重度失智，已呈現深度的昏迷狀態。其心、肝、腎、肺多重器官衰竭。

另一位是去買菜時被摩托車撞倒的八十三歲林婆婆，她顱內大量出血，送到某醫學中心緊急開刀，術後就未再醒過來，昏迷指數三分（是最低的分數），且腦部仍在繼續出血。同樣，家屬也面臨了氣切的選擇。

這是一個兩難的抉擇，人人都希望病人能存活下來，但若經過氣切，病人多受罪，結果仍不免死亡，就會造成四輸的狀態：病人輸——受盡折磨，臨終受苦，不得善終；家屬輸——後悔做錯醫療抉擇；醫療人員輸——違反了對病人的行善、不傷害、及自主原則；國家輸——浪費了健保珍貴的醫療資源，尤其現今的台灣，高科技的葉克膜也常遭誤用與濫用。

醫療充滿了「不確定」，沒有一個醫院或醫師能保證病人經過所有的治療，一定會痊癒或存活下來。因此謹慎的思辨，以病人最大的福祉考量做抉擇，是醫療團隊及病人家屬必須具備的素養。一般而言，需從四個方向來做慎思明辨：

一、醫療因素的考量

需考量病人的主要醫療問題、病史、診斷、及預後狀況如何？病程是否可逆？治療的目標為何？治療成功的可能性有多少？若治療失敗的備案計畫為何？病人如何能受惠於醫護照護？如何避免傷害？

二、病人意向考量

需考量病人的心智狀態是否真有行為能力？若病人的心智狀態正常，他對自己的治療意見為何？病人是否已被告知各種醫療處置的益處與風險？一旦病人心智狀態失能，誰是適當的醫療決策代理人？該代理人有無為病人的最大福祉做考量？病人在心智失能之前，有無預立醫囑？

三、生命品質考量

需考量病人接受治療與否，其回到正常生活的願景為何？若治療成功，病人在身、心、社交功能上可能會有哪些負面效應？是否有合理的理由不予治療？是否適用安寧緩和醫療？

四、其他情境考量

需考量家庭因素、經濟或財務因素、宗教、文化、法律、倫理等因素如何影響醫療的決策？有無資源分配的公平性問題？有無與他人之間的利益衝突問題？

藉著以上四個方向的慎密思考，三個家庭終於做出了無怨無悔的抉擇。

本書作者鄧恩為一位任職於醫院的浸信會院牧牧師，多年參與病人／家屬受苦及做醫療抉擇的經驗，非常生動及實用地描寫臨床上天天發生的醫療情境，使病人／家屬不致做出終生後悔，且無法彌補的四輪抉擇。內容從心肺復甦術（CPR）、人工水分與營養、安寧緩和療護、有助於做決定的實際幫助、及放手的歷程。其中有許多建議可供未雨綢繆，任何人都可以用此書的知識作為未來幫助自己或家人做正確的抉擇參考。本書於一九九〇年初版發行，至今已第五版，銷售數百萬冊，影響深遠。雖已歷經近二十年的歲月，但二十年前美國的情況，與現今台灣的情況並無太大差別，台灣民眾在重病末期所需考量的困難，及醫療抉擇的無助與慌亂，與本書所描述的仍能互相映照。但在第二章「施予人工水分與營養」，西方文化與華人文化卻有很大差別。雖然現代的醫學研究已經發現「臨終脫水」是為病人更舒適的，若在臨終階段仍用鼻胃管給病人灌食，用靜脈點滴輸注營養與水分，會造成病人過重的負荷，增加極大的不適。因此歐美各國在病人臨終階段，大多撤除所有的人工水分與營養。可是在華人文化中，一條代表「吃」及「營養」的管子，常是「愛與關懷」的象徵。如長久在外地的孩子返家，母親常以一桌豐盛的菜餚來代表愛與關懷。

因此，在華人文化中，撤除餵食管及點滴，有時會在病人心理上造成「被遺棄」的感覺，除非病人有這樣的知識及心理準備，否則可能產生傷害性的誤解。

本書最後一章是比較「放棄」、「放手」、與「順其自然」的關係，精采絕倫，人們可將其作為激勵自己的座右銘。「再見」是人類生活中的「必然」，如何學會瀟灑且無憾無悔地說再見，更是一輩子重要的課題。這本書，不是有沒有興趣閱讀的問題，而是必須閱讀的問題。因為，人人都可能會遭遇到生死兩難的抉擇，平時不準備，屆時就書到用時方恨少了！

（本文作者爲國立成功大學醫學院護理系教授，台灣安寧療護推手）

〈專文推薦〉

看見生命最後的光輝

方俊凱

個人投入安寧療護已超過十年，身為精神科醫師，發現末期病人與家屬之間最遺憾的事，就是彼此無法開誠布公地面對病情，導致病人與家屬在謊言與疏離中，度過生命最終的時刻。無法好好的告別，留在世上的人是很難好好地繼續生存下去；而對於逝者，我們也無法相信能夠不留遺憾地離開人世。特別是對於有宗教信仰的人，相信來世或永生的人，隱瞞病情導致病人與家屬的疏離，叫人如何期待未來的相逢呢？我們需要勇氣面對生命，我們更需要勇氣面對死亡，透過愛的抉擇，我們將看到生命最後的光輝，也是無可取代的美好。

（本文作者爲台灣安寧協會理事長）

〈專文推薦〉

人人不可或缺的醫療知識

吳佳璇

以科技為後盾，當代醫療強力介入人類生老病死的過程，卻在某些情境下背離初衷，留給病人與家屬更多傷痛。以院牧身分站在臨終照護第一線多年的作者，為讀者整理了四個需要做「困難抉擇」時不可或缺的醫療知識，並提供其專業建言。即使讀者的社會文化背景甚至生死觀與作者大不同，亦不減這本「實用指南」的價值。

（本文作者爲臺大醫院精神科專科醫師，〈罹癌母親給的七堂課〉作者）

緒論

在瑪波歡慶一百零二歲生日那天，我到安養院看她，順道請教她的長壽秘訣。因為她是牧師娘，我預期會從她口中聽到一些諸如「簡約生活」、「信靠上帝」之類的嚴謹細節。但是，她太睿智了。「瑪波，您是怎麼活到一百零二歲的？」她毫不遲疑地回答：「只要不停地呼吸！」我真希望事情有這麼簡單就好了。假如我們想活下去，就「只要不停地呼吸」；或者是，在罹患無康復希望的不治之症時，我們可以「只要停止呼吸」。然而，對於身在醫院、安養院、或安寧療護院內的病人。或是對於那些發現自己的健康狀況嚴重惡化的人來說，現實生活並非如此簡單。

在泰半人生當中，醫療決定**是**很簡單的。我們生病，醫生開處方。因為醫生的處方對我們有益無害，所以我們會遵從醫囑，讓自己早日康復。但是，隨著健康狀況走下坡，醫療決定變得日益複雜。有多重健康問題的病人，譬如：安養院中須仰賴他人照顧日常起居的病患，或是絕症病人，卻往往得面對困難的醫療抉擇。

這道難題起因於一個事實，對於病入膏肓的患者，或是長期慢性病人而言，有些醫療行為其實無助於改善病情，反而是種折磨，或徒然增加生活的負擔。因此我們在做這些決定時，必須針對某項特殊的治療計劃，不斷權衡其中的可能利弊。有時，有些人做出的結論是負擔遠大於任何的可能益處，因而拒絕接受特殊治療。但也有些人認為，即使潛在效益不大，仍值得他們去承受沉重的壓力。

現今活在世上的人，是第一代要針對可能延長生命的醫療措施，做出困難抉擇者。不論是呼吸器、餵食管和CPR等現代醫學的發展，使得因意外事故、心臟病發作或中風病人有了較高的存活機會；但是對於多病纏身的患者及癌末病人而言，他們日益惡化的健康狀況，使得延長的生命只是苟延殘喘，無法像一般人一樣有康復的希望。因此，重要的是讓所有罹患致命惡疾的病患及其家屬，商討是否借助延長生命的醫療處置。

最常見的四個決定

本書的撰寫目的，是為病人及其家屬，在接受醫療而必須做出「困難抉擇」時，提供參考指南。這種「困難抉擇」也就是必須做出醫療決定的四個問題[1]：

一、是否施行CPR？
二、需藉助人工營養和水分嗎？
三、安養院民或居家病患應該住院嗎？
四、臨終前，是否應將醫療目標從治療轉為安寧療護或紓緩治療？

除了這四項較常見的決定之外，還要注意是否該用呼吸器？透析（洗腎）？抗生素及疼痛控制？本書所提出的各種考量，也顧及這些治療對幼童和失智病人（如阿茲海默症患者）的影響。細讀過本書各篇章之後，你或許也想和家人及醫生討論書中內容。這本小書的用意，是希望提供足夠的資訊，協助你做出明智的決定。

對於本書的這些決定，儘管是以我個人親身專業經驗下筆，也參考了相關的醫學研究文獻，但還是僅能針對病人可以考量的治療項目，提供一般性建言。因此建議你，必須和你的主治醫生及其他較了解你的病症的醫療專家，一同商量治療的對策。我僅能就個人對各種特定醫療個案的經驗進行論述，這些個案可能和你所面臨的情況類似，也可能不大相同。我在本書分享的所有例子都是真實的故事，但基於保護當事人的隱私，都改以化名稱呼之。

醫療照護的目標

在開始思考可能用延長生命的醫療處置之初，首要之務是——確立醫療照護的預期目標[23]。要問問自己：「在合理狀態下，我們能夠指望醫療為病人現狀帶來什麼結果？」當病人（或為病人做決定的人）和醫療團隊達成共識，訂出目標之後，醫療專家要建議能達成目標的可行做法。

醫療的可能目標有下列三個。

一、治癒：現今所有的醫療保健，幾乎都是為了預防或治療疾病。生了病，醫生開處方，我們病就好了。

二、穩住病情：許多疾病的病程是無法治癒的，但醫療可以穩定病人的身體機能，或換句話說，能暫時遏止病情的惡化。譬如，糖尿病無法根治，但患者可以透過胰島素注射，終生維持良好的身體機能。又如，我認識一名患有肌肉萎縮症的三十二歲男子，必須仰賴呼吸器維生，但他可用聲控電腦享受運動比賽，為人幽默風趣。他所接受的治療雖無法令他康復，但在生活上卻能維持基本身體機能。我還認識好幾名腎功能衰竭的病人，每週必須到醫院洗腎三次。這些醫療行為即使無法賜給他們康復的希望，卻不失為適當的處置。

三、為安詳、尊嚴之死作準備：這就是安寧療護、「紓緩治療」，或稱「緩和療護」（提供治病的醫院，在放棄治療疾病時，決定提供之保守療護）。我剛剛提到的那些洗腎病人，他們每個人都曾經在某個時間點作成決定，認為治療已不再能給他們可接受的生活品質，因而決心中斷治療。之後，在能為他們減輕痛苦的適當照護下，安詳度過短暫的臨終期，然後離開人世。

「為安詳、尊嚴之死作準備」，是一種改變，扭轉了當前美國多數醫療的方向和目標，與醫生所受的大部分醫學訓練迥異，也改變了醫院是以治癒病患為主要目的的使命。

有時候，這些目標其實可以並行不悖。我看過許多病人採取的立場是，以「為安詳、尊嚴之死作準備」的態度來面對其末期癌症，但在併發肺炎時，仍選擇以抗生素療程進行「治療」。然而，情況類似的其他患者，則是連抗生素都拒絕使用。

醫療目標往往會隨著病情變化而改變。我曾問一位仰賴呼吸器維生的病人，在何種情況下，他會關掉呼吸器，讓自己可以自然死亡。他說：「就像我室友一樣，哪天不能再回應他人的時候，就自我了結。」

欲確認治療方法能否達到預期結果，有個好的作法——試行一段時間。先以選定的方法嘗試治療一陣子，看看能否藉由所謂的「限時實驗」（time-limited trial）治癒或穩住病情，然後於實驗結束時再度評估。

在我擔任安寧療護院院牧的第一個夏天，再一次體會到先確立目標的重要性。有個星期五，我們收了一位新病人。下星期一我就收到兩通由護士和社工人員發出的緊急留言。內容大致上是這樣：「漢克，我們有位新患者病危，她女兒希望我們盡一切可能進行搶救，包括施予CPR、加裝呼吸器等維生系統。您能幫幫她嗎？」這位患者真的病得很重，不管選擇做任何治療，都撐不過一個禮拜。她完全無法自理，凡事都必須靠女兒的照料。她剛因能脫離呼吸器而獲准出院，不過在進食方面，仍必須仰賴餵食管。

我趕到安寧療護院時，這名病人坐在休息室中央的休閒椅上。她不能開口說話，也無法舉起手來，卻凝神聆聽，似乎了解接下來會發生什麼事。在結束探視時，我請她女兒隨我走到停車處，以便送她這本書。我乘機試著說服她，別把冒險犯難的方法，加諸在她那已如風中殘燭的母親身上。我們談了一會兒，沒多久，她潸然淚下，說：「我所在乎的，只是希望我媽能安詳地在安寧療護院裡辭世。」我告訴她：「我們可以幫妳完成這個心願，但是，其中不會有急救小組，也不會為令堂裝上維生設備。」

離開安寧療護院幾個小時後，我接到這個女兒的電話。她有個疑問：「假如中斷人工餵食的話，病人要熬多久才能解脫？」我對她說明我的經驗，並向她保證，如果她決定終止管灌餵食，我們會讓她母親在臨終前過得舒適安詳。在我尚未提及如何移除餵食管的事，她已然確立了目標——「希望媽媽能安詳地在安寧療護院裡辭世」，接下來，她或許也了解到餵食管無法帶來安寧善終。不過，她已無須為此事傷神，因為三天後，她母親在安寧療護院裡安詳地離世。只要她將這個目標放在心上，就能同意讓母親安詳善終。

在目標確立之後，本書接著要談的是治療的特性。

在擔任安養院、安寧療護院、醫院院牧的近三十年歲月中，我曾陪在許多重症患者的病榻，也和他們的親人在房外大廳討論過這些抉擇。這本小書的內容，不僅是研究所得，也是第一手經驗的彙整。我確信真正使這些決定成為「困難抉擇」的，應該非關於決定過程中的醫學、法律、倫理或道德面。真正令人掙扎的，是情感和心靈因素。家屬掙扎著是否放手和順其自然，這是得用心，而不只是用腦作成的決定。

在最後一章，我會針對這些決定提出個人看法，尤其在心靈和情感上的掙扎，會有更多著墨。

第一章

心肺復甦術（CPR）

本章要回答下列問題：
心肺復甦術如何成功恢復心跳？
我們能否提前知道哪些病人最有可能急救無效？
倘若病人選擇放棄急救，該如何讓其他人知道自己的意願？

一九六〇年代時，研究者發展出一種搶救「猝死」受害者的方法，稱之為「心肺復甦術」（cardiopulmonary resuscitation，簡稱為CPR）。基本上，CPR是在心跳及／或呼吸停止的情況下施行。施救者以雙手按摩患者胸部，對心臟施壓，並進行口對口人工呼吸，吹兩口氣，讓肺部充滿空氣。每年因CPR而獲救的人數高達數千人。

起初，CPR係用來搶救意外死亡的人，例如：溺水、觸電，或是突然心臟病發的健康人。早期的一些指導方針，甚至會列出不得施行CPR的某些情況。「CPR在某些情況下無法發揮功效，例如病情無法好轉、大限之期將至的末期病人。**對這些病人進行急救，可能會徹底違悖了病人希望死得有尊嚴的權利**[4]。今天，無論是在醫院或安養院，除了醫囑禁止的特例之外，CPR已然成為搶救心跳或呼吸停止病人的標準處置。

CPR的救治存活率

倘若住院病人的心跳停止，而醫護人員放出警號，召集緊急搶救小組。那麼，醫療處置可能會包括進行CPR、心臟電擊、藥物注射，以及安裝呼吸器。住院病人發生心跳或呼吸停止時，約有百分之三十五會進行急救[5]；但在安養院出現類似情況時，卻只有百分之三的病人接受急救[6,7]。

針對醫院在過去三十三年間使用CPR狀況的一百一十三項研究，醫學研究者發現，在二萬六千零九十五名接受急救的病人當中，只有百分之十五．二（三千九百六十八人）得以康復出院。多年來，這些急救存活率始終維持在這個數字[8-11]。

然而，有些患者的存活率卻難以提高，始終低於百分之二。這些病人具有以下共同點：

一、罹有二種以上病症；

二、生活無法自理，或是必須仰賴他人全天候照護，或長期住在安養院等療護機構；

三、患不治之症，或癌症末期病人[12]。

在安養院進行 CPR 的情況

安養院都有專人值班，負責施行 CPR。倘若開始進行 CPR 搶救，院方工作人員就要打一一九，請急救小組過來處理，急救人員會立即接手照護這位院民。他們會持續施行 CPR，直到病人獲送至最近的醫院急診室；而急診室的醫護人員則會盡一切可能搶救病人的性命。他們採取的處置包括：持續施行 CPR、心臟電擊或使用呼吸器。只要送進急診室，病人可能就得裝上各種儀器設備，例如從口中插置氣管內管，以維持病人的呼吸。

撥打一一九，意味著盡一切可能搶救病人的性命。我們必須知道，急救小組會盡可能迅速地、以侵入性治療積極搶救病人。

對於在安養院內進行ＣＰＲ的相關研究顯示，接受急救的病人當中，僅有百分之零～二的病患想獲救。**為何孱弱的安養院院民對於ＣＰＲ所能帶給他們的醫療保障，會抱持如此微渺的希望？安養院民通常是醫院中預後存活率低的病人**[13-16]。原因是，安養院民的健康狀況普遍欠佳，無法獨力打理生活。而且，大多數都多病纏身。

有人會問：「我們可以只試著在安養院施行ＣＰＲ，而不將病人轉到醫院急診室進行侵入性治療嗎？」然而，這不是標準處置，也缺乏具說服力的理由。安養院的專業人士認為，假如他們決定要救治一名院民，就要盡可能獲得充分的醫療支援。而這種支援又僅能來自急救小組，也就是唯有醫院急診室的先進醫療團隊，才能確定他們所做的急救努力是否無效。只要開始進行急救動作，就必須嘗試過每一項醫療處置，很難中途喊停。倘若病人順利救治，就必須住院接受後續治療。

施行ＣＰＲ對病患造成的負擔

如同大多數醫療處置一樣，ＣＰＲ也會對病人造成一些身體負擔。譬如，羸弱患者的肋骨可能被壓斷；肺臟或脾臟可能因為承受CPR所必須施加的壓力而導致破裂；倘若病人缺氧過久，會造成腦部受損，而腦部受損的程度不一，輕則影響智力及性格，重則可能陷入永久昏迷（持續性植物人狀態）[17]。因為一旦開始施行CPR，即進入一連串的醫療動作，病人可能得裝上呼吸器，即使他們不願如此。對多數病人而言，這種因腦部嚴重受損而「靠機器」來延長生命的風險，是極為沉重的負擔。同時，CPR也大幅降低安詳善終的可能性。

CPR和重症病患

有些病人能受惠於CPR，包括我們在前文所列「極有希望獲救的病人」，若能與醫生開誠布公地討論，將有助於讓所有病人蒙受這種可能好處。

然而，對於那些歸屬於「存活率最小」族群的病人，CPR所能造福他們的，卻是微乎其微。此外，這族群還包括：一、有多重醫療問題的病人；二、癌末病人；三、必須靠他人照料起居的病人，其中包含長住安養院的院民。在決定要接受或拒絕CPR時，病人必須衡量各種現實情況。**病患如果具有其中一項問題，那麼**

一旦心跳停止或呼吸停止，要恢復心跳的希望就非常渺茫，而且後續的住院治療也幾乎無法為他重拾生機。

這些病人普遍因逐漸惡化的醫療狀況，使得存活的機會不樂觀。即使施行CPR成功地拯救了病人，預後的長期存活率仍極低，而且病人的整體健康狀況也大不如前。鑒於這些事實，許多人選擇放棄CPR的醫療處置。但仍有人認為，施行CPR多少能帶來一線生機，無論病人的健康狀況或預後存活情況如何，都應該盡每一分努力來挽救性命。

CPR和幼童

「年齡」尚未證實是CPR救治奏效的因素之一。因為在急救無效的總人口數中，也包含病童的案例。有多重器官衰竭問題或末期的病童，透過CPR而存活的機率也相當低。對家長和醫護人員來說，要下定決心終止搶救這些小病人是十分艱難的，因為他們無法承受極大的失落感。要家長說出「放棄急救」，即意味著使孩子失去未來、父母失去希望。此時，醫生和其他醫護人員可以從旁協助，提供他們這項決定中的「醫療面」資訊；但較困難的部分是「放手」。

CPR是標準醫囑

在住進安養院或醫院時，即預設每個心臟停止跳動的病人都得接受CPR。這項對CPR的決定不無道理，因為醫療處置一開始的任何延誤，都會大大降低成功的機會。假如病人傾向於不接受急救，醫生就必須開立醫囑，限制施予急救。這項醫囑有各種不同的說法：「拒絕急救」、「拒絕CPR」、「不予急救」（DNR）、「不嘗試急救」（DNAR）、或是「允許自然死亡」。這份醫囑通常必須是在家屬或病人的要求下，由醫生開立。在多數情況下，醫護人員或醫生在做出不急救的決定前，都會和病人或家屬進行討論，無論病人的病情有多嚴重。

此外，還有個預設情況是，任何人撥打一一九求救專線時，急救小組就會嘗試以CPR救治心跳或呼吸停止的病人。假如病人不願接受急救，通常會透過文件或辨識環，將此訊息告知急救人員。有時候透過「院外不急救醫囑」，能讓家屬放心地向急救小組尋求協助。因為他們知道，病人會得到安寧療護和支持性治療，而無須承受侵入性積極急救的風險，或是「接上各種維生機器」。

摘要：

- 接受CPR急救的病人之中，約有百分之十五能夠出院。
- 有多重醫療問題、罹患不治之症，或是無法自理生活的病人，CPR的救治存活率低於百分之二。
- 「成功的」CPR可能造成的負擔包括：肋骨骨折、肺穿破、腦部受損、身體機能退化、無法恢復意識、必須依賴維生機器度日，以及降低善終的可能。
- 病人，或代病人作決定的家屬，可以請醫生開立「不嘗試急救」醫囑。

第二章

施予人工水分與營養

本章要回答下列問題：

使用人工餵食管有什麼好處和風險？

臨終前不使用人工餵食或靜脈點滴，有什麼好處？

何謂限時實驗？

一旦病人再也無法飲食，往往就會使用餵食管來克服這項功能障礙。餵食管的置入方法有兩種。一是鼻胃管（nasogastric tube），由鼻腔插入，通過食道，進入胃部；二是胃造瘻（gastrostomy），病人接受手術，在腹側開洞通過胃壁，直接將胃管置入胃內。無論是流質營養補充品、水、藥物，都能直接由管灌，或以針筒打進胃部。這種人工餵食法，有時又稱之為「經皮胃造瘻」（percutaneous endoscopic gastrostomy）。另外還有一種較不普遍使用的「完全靜脈營養」（total parenteral nutrition），通常是在胸腔靜脈置入導管或軟針，將營養液直接注入血液中，而不經過消化系統（譯注1）。

餵食管經證實已經造福成千上萬個病人。就如某些中風病人，有許多人在恢復以口進食之前，都需要餵食管的短期協助。而則裝置胃造瘻的病人，得以行動自如，和親人共享閱讀、看電視、出門訪友的樂趣。我有個病人，因喉癌喪失吞嚥功能，而裝上餵食管。他獨居，又有肺氣腫，以致於自行料理生活起居的能力大打折扣。我曾問他使用餵食管的心得，他說：「太方便了！我不必出門買食物，也不用洗一堆鍋碗瓢盆，還能住在自己家裡。」顯然，餵食管對他很有幫助。

然而，罹患不治之症或身為長期慢性病人，往往無法重獲飲食的能力。有些人靠著餵食管延續好幾年壽命。凱倫・安・昆蘭雖然脫離呼吸器，卻靠著餵食管供給營養和水分，無意識地活了十多年。瑞塔・葛林對任何刺激毫無反應，卻透過餵食管度過四十八個年頭。[18]

對週遭環境無法作出任何有意義回應的病人，一般稱之為「永久昏迷」，或「持續性植物人狀態」（PVS）[19][20]。這類病人大多是因為腦部供血中斷，缺氧而導致腦部受損。他們的身體機能運作無礙，不需仰賴機器的協助，只要施予人工水分和

譯注1：這種完全靜脈營養的方法，通常是暫時使用於重度營養不良，或術後得長時間禁食的病人。

營養，就能夠維續他們的生命。通常，這些病人都是在年輕時發生車禍或運動意外，搶救回來後，即呈現這種生命狀態。

正如預期，關於是否該對不治或臨終病人施予人工餵食或水分，眾說紛紜。關於施予人工水分和營養，有大量的研究和意見，目的在於探討它對病人究竟是有益，或是有害[21-41]。

通常，標準的醫療處置是——任何病人只要無法再以口攝取足夠的食物和水分，就開始施予管灌餵食。除非病人或家屬明確作出拒絕管灌的決定，否則，病人都會被置入餵食管。

施予靜脈點滴

施予人工水分的普遍方式，都是施行靜脈點滴，尤其是在醫院。透過手臂內的一根軟針或塑膠管路（導管），病人就能獲得流質飲食和藥物。靜脈導管的置入過程當然不舒服，包括靜脈點滴不順或是導管滑脫，導管滑脫時就必須更換置入點；為預防感染或發炎，每隔三至五天也須更換導管。再者，如果病人會拉扯管路，可能還得將雙手縛綁固定好。但對多數病人而言，這些都是適度且可以接受的負擔。

雖然本章的論述重點以餵食管為主，但也會觸及靜脈導管。在對臨終病人施予人工水分時，靜脈導管也納入人工餵食管的討論中，因為二者都是以人工方式，為病人供給水分。病人和家屬應該不時思索使用靜脈導管的適切性，尤其是在大限之期逼近時。關於臨終前是否施予人工水分的決定，我們所知的，大多來自於照顧人員對有使用和未用靜脈點滴病患的觀察。

人工餵食的負擔

餵食管並非安全無風險。倘若管路位移，或流質（嘔吐物）逆流進入肺部，就會引發吸入性肺炎。管路也可能造成潰瘍或感染。而有些病人會一再拔掉管路，可能就得縛住他們的雙手，或施打鎮靜劑，限制其行動。這類病人大多臥床不起，使得他們成為最容易長褥瘡的高危險群；缺乏活動，也讓他們的四肢變得僵化。

此外，人工餵食比手餵更易孤立病人，因為他們只有每天依照三餐才起身、接受餵食，失去與他人的互動。有位裝著餵食管的中風病人，從醫院轉入我們的安養院，她對照護人員和家人提出一項要求，即是希望家屬同意讓她試用餵食管一年，假如這期間病情毫無進展，他們就停止治療，讓她善終。那年年底，這位病人移除人工餵食管後，在語言治療師的協助下，再度能夠以口進食。結果，她不但在無須人工餵食的情況下，平安度過第二年，整個人的性情也全然改觀。她變得較有反應，笑容多了，健康狀況也逐見起色。我知道這僅是宗個案，但是我們不妨去觀察人工餵食移除前後的她。我深信，她在移除人工餵食後，有了和護士及看護一天三次的密切接觸，加上以口進食的愉快刺激，改變了她的人生。[42]

支持施予人工餵食的理由

有人曾說，無論預後情況如何，病人都應裝上餵食管，因為進食和飲水是人的基本權利，不應將任何人摒拒在外。鼓吹這種立場的人士，通常也同意，有視事能力的成年人，有權拒絕進行任何醫療，包括施予人工水分和營養。

主張在所有情況下使用餵食管的人士，通常將不施予人工水分和營養的行為，名之為「挨餓」。的確，任何人若未進食或飲水都會死亡。（雖然正確說來，這種情況較接近「脫水」，而非「營養不良」[43-44]。）他們將插管視為單純的提供「基本飲食」，就像以手餵食那般，而非一種醫療干預。[45]另外，由於移除餵食管後，病人會在短時間內死亡，於是他們可能就此認定，移除餵食管的目的是為了結束病人的生命，而這顯然違背醫學的本質[46]。

反對施予人工餵食的理由

很多人認為，在某些情況下，施予人工餵食管會為病人造成過大負擔，我們沒必要一定得用。許多人士主張，對末期病人或永久昏迷病人施予人工強迫餵食，是徒然增加他們的負擔，並無益處。即使食物和水是人類維生必需品，但我們無須以人工方式取代正常的飲食功能。選擇不靠呼吸器延長生命的病人，會「得不到」空氣，雖然如此，對病人來說，餵食管就和呼吸器是一樣的，都是侵入性裝置。

主張在某些情況下移除餵食管的人士，著眼於絕症病人無法以口飲食的功能障礙。透過拒絕或移除人工餵食管，讓病人得以自然死亡。[47]如果病人拒絕人工餵食後死亡，則死因是生病導致病人無法進食，而非移除人工餵食。因此，病人不是被任何東西「殺死」的，而是面對臨終的自然過程[48]。而選擇不強迫餵食，意指選擇不延長死亡的過程。

一九八六年三月，美國醫學會（The American Medical Association）發表一項聲明，表示醫生得以在合乎倫理條件下，為永久昏迷狀態中的病人，移除各種延長生命的醫療處置，包括人工餵食。多數州法院和美國最高法院支持這項主張，允許拒絕餵食管。同時各州議會和醫學界也形成一個共識，認為人工餵食是一種得以拒絕的醫療處置[33,49,50]。

不予或移除人工餵食會導致痛苦死亡嗎？

將拒絕或移除人工水分和營養形容為「挨餓」（並可能因此折磨病人），是錯誤的說法。正確說來，病人的狀況比較接近「脫水」。所以，由營養不足（或飢餓）所引起的任何痛苦或不適，應不會存在。因為早在病人因缺少營養補充之前，早已先有脫水之苦。因此必須清楚說明疼痛控制問題，對於有脫水問題的病人，應比照如癌症病人的劇痛控制，來處理脫水引起的任何痛苦與不適症狀。

所以每個人真正關切的問題是疼痛控制。倘若病人可以放棄人工餵食，要求自然善終，想知道他所承受的痛苦和不適能否減至最小程度？答案是肯定的。**腦部受損，以及對週遭環境沒有反應的病人，不會感受到痛苦和折磨。**[20]至於那些能稍微做出反應的病人，**在移除人工餵食管和靜脈點滴後，是有方法可以為他們減輕劇痛。**

在劇痛以外還有個問題是，脫水而死是否會引起其他不必要的疼痛或煎熬？**對此，醫學研究已明確證實，絕症末期的脫水，是極自然且慈悲的死亡方式。**[21-41]

臨終病人未用人工水分（如靜脈點滴或餵食管）的好處：

- 肺積水減少，就能減輕肺水腫，讓呼吸較順暢；
- 喉部痰液減少，就能減少抽痰；
- 身體水分減少，就能減輕腫瘤周邊壓力，從而減輕痛苦；
- 減少排尿，就不太需要為了換床（單）而搬動病人，並能降低長褥瘡的風險；
- 讓病人全身及四肢的體液普遍減少。若對身體功能逐漸停擺的病患強迫灌水，累積的水分反會讓病人感到不適。

- 身體脫水時，會自然釋出可以止痛的化學物質，有些人將此稱之為「輕度欣快感」（mild euphoria）[25]。這種因未進食而產生的狀態，也能抑制食慾，並產生愉悅感。

脫水會造成的唯二不適，是口乾和口渴。這兩種症狀都可藉由良好的口腔護理，以及含冰塊或口唇沾水得到緩解，無須施予人工水分。

無論是否選擇使用餵食管，所有醫療團隊的基本目標都是安寧療護和減少疼痛。病人拒絕或移除的，只是特殊或冒險的醫療處置，並不表示他也拒絕一般的例行護理和安寧療護。每個病人都需要止痛劑、氧氣，及任何可帶來舒適感所必須的治療。

不予和移除餵食管的差別

試著想像，要從一個長年依賴人工維生方式度日的人身上移除餵食管，會有多麼掙扎。對家屬和醫生而言，要改變此治療計劃，必須從改變觀念開始。將一個原來以餵食管維生的病人，如今決定讓他自然善終，並做出移除治療這項決定，在情感上並非不可能，但相較於從一開始就拒絕人工餵食，是更難做的決定。

從道德、倫理、醫學和多數宗教的觀點看來，拒絕和移除並無差別。但在情感上卻完全不同。儘管我們認為，醫生不會根據情感來作出醫療決定或建議，但是要他們改變立場，提出或建議移除使用中的餵食管，卻是相當困難。

有個家屬打算移除病人身上的人工餵食管時，主治醫生對我說：「一開始，我可以毫無異議地同意不進行這項治療，但現在，我卻無法簽立醫囑，移除病人的餵食管。」這番說辭在法律、醫療、倫理或道德上，都不具有正當性。原本可以接受病人的拒絕治療，但現在卻因單一情感因素，就成了繼續插管的理由。[39]

因為太難作出移除治療的決定，從而促使我們在危機釀成之前，及早徹底思考並討論這些議題。**倘若病人或家屬無意使用人工餵食，較好的作法是完全不施予這種餵食法。但是假如已經開始採用，日後還是可以移除人工餵食，只是在情感上較難作出決定。**

人工餵食與失智患者

阿茲海默症和其他類似病症的特性是，病人的情況會逐年退化。在罹病初期，病人食慾下降、或體重減輕時，暫時使用餵食管是不錯的補充營養方法。但這麼做只是希望病人最終能移除餵食管，並以口攝取足夠的飲食，得以脫離餵食管。

在嚴重的失智案例中，研究證實，餵食管對病人並無好處，即使只是暫時使用。**失智是不治之症**[51]。如同所有絕症一樣，失智有幾個症狀，代表病程已經接近終點。

其中一個問題是吞嚥困難，治療方式有時就是裝上餵食管。**但事實證明，人工餵食並不會延長末期失智病人的生命，只會徒增更大的負擔。**[52]

經充分研究，失智達末期的徵狀有[53-56]：

- 失禁；
- 逐漸喪失語言能力；

- 喪失自主運動；
- 得完全依賴他人照料穿衣、飲食、如廁；
- 認不得親人；
- 最後是飲食困難，可能包括喪失吞嚥能力。

手餵的一項主要風險，是病人可能會將食物吸入肺部，引發吸入性肺炎。病人和家屬希望降低肺炎併發率時，有些人就會開始使用餵食管，以避免手餵可能造成的麻煩。謹慎的手餵即使無法完全排除風險，也能有效減少危險，畢竟，管灌餵食也無法完全排除風險。甚至有個研究指出，餵食管引發肺炎的危險性更大。[53]

許多醫生和其他醫護人員認為，由於餵食管無法延長病人生命，只會造成更大負擔，因此應該持續謹慎手餵，以人工餵食是不恰當的。[53,56-76]儘管肺炎是種風險，但放棄餵食管的病人卻將之視為可接受的風險。**他們了解到吞嚥困難是悲劇病程終點的一部分，也明白導入人工餵食無法治癒病人的根本痛苦——失智。**

一九九九年，有一篇論文[63]檢視過去三十三年來的七十七項研究，結果發現管灌餵食對於重度失智病人不僅絕無益處，甚至會引起某種危害。研究者總結說：「我們斷定，沒有任何直接證據可以支持，餵食管能為有飲食困難之失智病人，改善任何公認的適應症（the commonly cited indications）」近來的多項相關研究，也得出類似的結論。[56,66-72,77]

重度失智病人（如阿茲海默症末期）：

- 管灌餵食是引發吸入性肺炎的危險因素；
- 管灌餵食經證明無法延長病人的生命；
- 無證據顯示，餵食管可有效預防或治療壓瘡（褥瘡）；
- 改良的管灌營養輸送法，未證實能降低感染率，相反地，餵食管卻證實會引發嚴重的局部或全身性感染。
- 餵食管一再出現嚴重的副作用，且失智病人的狀態功能未獲改善，也不曾因使用管灌而減輕痛苦。[63]

人工餵食與幼童

要讓命在旦夕、年逾八旬的老人拒絕或移除人工餵食，或許不容易，但要將同樣的決定加諸在年幼病童身上，情況只會更加困難。當原本可以自行進食的長輩走到生命盡頭，我們往往比較能夠接受停止餵食。然而，孩子的人生才剛起步。重症病童和成人病患之間的醫療狀況或許並無差別，但感受就是不一樣。更何況，即使幼童或嬰兒健康無恙，我們也不指望他們能自己進食。因此，人們會傾向將人工水分和營養視為只是另一種協助他們「吃」東西的方法。打從孩子人生開始的那一刻起，父母就設法哺餵他們的小寶貝，所以在思考拒絕人工餵食問題時，會有許多情感難題得去克服。

另外，是否施行 CPR 也同樣難以決定，讓人悲慟的問題很多，我們被迫要放開自己的手，讓孩子離開，放開孩子的未來，我們的未來，我們的希望……，這些全是困難的事。

一次限時實驗

有飲食困難的病人或其家屬，至少應該考慮幾種治療選擇——使用或不用人工餵食管，或是採用折衷治療計劃。有種折衷治療選擇是餵食管的限時實驗。[1,34,65]要接受這種治療，要先取得參加的醫生同意，僅在限定的一段時間中試行餵食管，倘若病人病情不見起色，或是不可能恢復意識或吞嚥能力，就會移除餵食管。**另一種折衷治療是，以手餵為主，攝取不足時，再以人工餵食補充營養。**就我所知，有些病人白天採手餵，晚上則改成人工管灌。

無論你支持或反對使用餵食管，都能找到許多志同道合的夥伴。舉凡宗教領袖、倫理學家、政治人物、護士、醫生等，對此議題的立場都分成兩派。倘若病人無法作決定，家屬必須代為做主。之後，他們就必須接受這項可能有著沉重負擔的決定。我相信這是個重擔，因為在決定是否放手時，家屬勢必得歷經情感和心靈上的掙扎。醫學、法律、倫理和道德，全都受到這番情感掙扎的影響。這個問題讓人多麼掙扎，是可以理解的。即使從醫學角度來看，拒絕或移除餵食管是相當明智的決定，但要我們要放手讓一個重要的親人離開，依舊令人飽受煎熬。關於情感和心靈的掙扎，第五章會有更深入的探討。

摘要：

- 餵食管可以幫助許多病人順利走過進食困難的短暫過渡期，也有其他病人在喪失吞嚥能力後，選擇永久使用餵食管。
- 永久昏迷的病人可以依賴餵食管存活好多年，但這樣的治療方式是否應該移除，卻眾說紛紜。
- 重度失智病人（如阿茲海默症末期）使用人工餵食管非但無益，可能還會受到傷害。
- 限時實驗短期試用某種治療，倘若無法幫助病人，就會中止治療。
- 臨終病人若不使用人工水分，可以過得較爲輕鬆舒適。

第三章

有時能治癒疾病，永遠可給予安慰——安寧療護、緩和療護和「僅予紓緩治療」醫囑

本章要回答下列問題：
何時是「為死亡作準備」的適當時機？
何謂「安寧療護」？
我如何才能確定病人可以「善終」？
何謂末期失智病人的適當護理？

當醫療處置開始讓臨終過程變得不自然，更造成病人的負擔時，我們要怎麼知道？或者，我們如何才能分辨出醫療給的承諾是治癒病人，或是讓病人免於痛苦？我們如何為親人之死作好準備，讓臨終經驗具有意義，並儘可能地將痛苦減至最低？安寧療護運動（hospice movement）可以為我們回答這些問題，我們該明白放手讓某個人自然死亡，並不表示我們停止治療或照護病人。

安寧療護院雖然能為臨終病人及其家屬帶來相當多好處，但在家裡、醫院、或安養院的病人，也能採行相同的療護方式。在醫院或安養院內，要執行安寧療護時，醫師會開「僅予紓緩治療」（comfort care only），或「僅予緩和療護」（palliative care only）醫囑[78-80]。許多醫院都設有「緩和療護」的計劃書，為臨終病人提供紓緩治療。了解這種療護方法的意義，有助於檢視醫療目標。

「臨終期」的醫療目標

「我何時會死？」今天，我們已難以回答這個問題。二十世紀中葉以前，疾病終期往往很短，而且我們很清楚病人會在可預期的時間內去世。如今讓多數人死亡的病，如心臟病、癌症、中風或失智症，已成為慢性病；而在因這些病症死亡之前，我們可能得和它們共處許多年。我們可能接近臨死邊緣，然後又好起來，可再活幾年，至少也可活上幾個月。

我在安養院和安寧療護院的院牧工作中，發現與其和家屬說病患「臨終」，不如說：「你是說，你母親是否到了人生的最後階段？」對重症病患而言，多數都能以平常心，接受其已走到人生「最後階段」，但不願聽「死」字，我們通常認為「臨終」是指過世前幾個小時，或前幾天。

我在緒論中提到，醫療的三個可能目標是：一、**治癒**；二、**穩住病情**；三、**為**

安詳、尊嚴之死作準備。很顯然，當我們明白一個人的生命已經走到最後幾個鐘頭，幾乎都會選擇「為安詳、尊嚴之死作準備」。相同地，假如我們的身體還健康，沒有其他毛病，通常會選擇把病「治好」。

但是，如果我們罹患的是長久的慢性病，又當如何走完人生最後一程？有時，我們會選擇「治療」，有時則選「為死亡作準備」。我看過很多鬱血性心臟衰竭（congestive heart failure，又稱「充血性心臟衰竭」）病患，因病危送醫急救，接受「積極治癒性治療」。有時候，病發第二天他們就能出院返家，恢復正常活動。因此，在某些情況下，心臟病患住院治療是適當的。但也有某些病人會走到他們自己或由家屬決定「再也不送醫治療」的地步。幸好，透過妥善的醫療照護，他們的病即使無法「治癒」，也能讓他們在家裡得到可接受的生活品質。

若是罹患諸如心臟衰竭、阿茲海默症或呼吸衰竭等長期慢性病，或是某些癌症等短期病症，病人和家屬都必須在情感和心靈上做好準備，接受隨時可能死亡的事實。即使病人接受積極處置，治療可能隨時引發死亡的症狀，家屬還是要做好這種準備。在整個罹病期間，病人和家屬都得根據生活品質來衡量治療的效益。倘若生活品質變差，有些病人也許寧可選擇中斷治療，以維持生活品質。如果積極治療對病人不再有利，他們的選擇就是——「為安詳、尊嚴之死作準備」。

大多數人針對這個問題，通常會說：「我想躺在自己的床上，在睡夢中安詳地死去。」也有少數人對我說過：「我想死在醫院。」病人希望自己的選擇能受到尊重。對於那些想在家中安詳離世的人而言，安寧療護院也許是個不錯的選擇。

何謂「安寧療護」？

"Hospice"這個詞（和「親切」〔hospitality〕一詞源於相同的字根），可以追溯自西方文明初期，當時是用來形容「為疲憊或生病的遠行旅人提供的庇護所或歇腳處」。一九六七年，位於倫敦近郊住宅區的聖克里斯多福安寧療護院（St. Christopher's Hospice），首度以這個名詞代表「臨終病人的專門療護」。「安寧療護的核心信念是，我們每個人都有權利無痛苦、有尊嚴地死，同時，我們的家人能得到必要的支援，以便同意讓我們得以如願而死。安寧療護的重點是照護，而非治療，在多數情況下，病人是在自家接受照護。不過，獨立的安寧機構、醫院、安養院和其他長期護理機構，也會提供安寧療護。」[82]

安寧療護院設有專業團隊和受過專門訓練的志工，照應病人和家屬的醫療、社會、心理和心靈需求。倘若他們的決定是待在家裡，安寧團隊會全年無休，二十四小時待命，提供支援、諮詢和探視。如果病人是住在醫院或安養院，安寧團隊就化身為醫護人員的助手，輔助、教導、觀察、支援病人及家屬，並在需要時提供額外的輔助設備。如病人住在安寧療護院，將會以合乎安寧療護的哲學引進整套設施，納入其獨特設計，並編制有受過專門訓練的工作人員。無論是哪個機構提供的安寧療護，其重點都是減緩疼痛和其他症狀，並關注於病人的生活品質，而非生命長度[83]。在病人去世後，安寧療護仍為其親友繼續提供悲傷諮詢服務。

何謂「紓緩治療」？

有些治療主要是為了讓病人覺得舒服，而不是要延長死亡的過程。譬如，用來退燒的各種止痛藥，就是紓緩治療；氧氣機可以讓病人呼吸較順暢；例行的護理工作，如保持病人清潔乾爽、換床單、更衣，也是為了讓臨終病人感到舒適。工作人員、院牧和志工，會給病人和家屬情感和心靈上的支持。選擇安寧療護或「紓緩治療」，並不代表停止醫療或治療。**「有時能治癒疾病，永遠可給予安慰」，是紓緩治療的不變目標。**

可選擇的治療有哪些？

「僅予紓緩治療」、「緩和療護」、或「安寧療護」都可輔以上述所提的某些紓緩措施，但某些治療則可拒絕或移除。

- 通常，癌症病患無須再為根治疾病而接受放射治療或化療，但這些治療可以用來減輕疼痛。
- 雖然抗生素可能不常用來治療這些病人的肺炎等感染，但病人還是可以選擇以抗生素治癒肺炎，必要時，也能用來緩解疼痛。
- 大多數診斷檢測可能都是預估值，尤其是涉及抽血等致痛處置的檢測，更是如此。此處的論點是，倘若病人不再需要接受積極治療，那麼也就不必再進行診斷檢測。

●餵食管不是經常決定使用的，但是，倘若病人已經開始使用，那麼，移除餵食管就得從「紓緩治療」醫囑中獨立出來思考。切記，人工水分可能徒然增加臨終病人的不適，同樣地，靜脈點滴可以是注射止痛劑的管路，但通常不用來補充水分。

●安寧病人通常不接受外科手術，除非目的在於使病人感到舒適，才有絕對必要動手術。

哪些病人適合安寧療護或紓緩治療？何時才是適當時機？

安寧療護是用來照護那些在病程正常發展下，只剩不到六個月生命的病人。雖然情況不盡然如此，但通常安寧病人都明白自己的病情已經藥石罔然。他們盼望的是，無論還能活多久，都能擁有較高品質的生活。**及早接受安寧療護，就能讓安寧團隊更加了解病人和家屬的需求，以便擬定更合適的療護計劃。**但最重要的或許是，一旦病人和療護人員能建立起信任關係，那麼在數個月的臨終期間，病人就能充分享有安寧療護的好處。

任何病程末期的病人，都適合接受「僅予紓緩治療」的醫囑，當然也適合安寧療護的計劃。當然，有決定能力的病人，可以拒絕任何以治癒或穩定病情的治療，並可要求「僅予紓緩治療」的醫囑。如疾病已到末期的患者，醫生和護士可以提供輔導，協助他們作決定。

有人可能會誤以為，從「治療」轉為「為死亡作準備」是「一夕之間」的改變，其實，這種改變通常是慢慢演變而來的。只因多數人即使身患重病，仍抱著好死不如賴活的想法，希望能活愈久愈好。所以在生病的過程中，我們應隨時作好準備，接受自己終究一死的事實。

任何疾病走到末期，強調的重點大多是使病人感到舒適，而不再是把病醫好。到達某個時候，我們會知道已無能去延長病人的生命。在以下這些情況，我們會知道「時候到了」：

- 如果病人極可能死亡；
- 如果可以解除致命危機的治療，會加劇病人的痛苦和折磨；
- 如果治療只會加重病人長期昏迷或加重失智，而無法治癒病症。

- 如果可用的治療是增加患者「被裝上維生機器」的可能，而患者並不願如此。

末期失智和紓緩治療

對於沒有行為能力做決定，且未交代要適時拒絕治癒性治療的病人，只要他不是末期病人，就應該給予合理的治癒性治療。但是如果病人處於失智症末期，「紓緩治療」顯然較為合適。

雖然不是大部分，但許多安寧療護院的病人都患有癌症。**此外，有更多深受失智症與其他慢性病折磨的居家病人和安養院民，最後都接受安寧療護，或「僅予紓緩治療」計劃。**

基於失智症末期的特性[51]及趨近末期的明顯徵兆（如62、63頁所列）（雖然這個時期可能持續數個月甚至數年之久），所以有許多研究者主張，家屬應考慮讓這些病人接受「僅予紓緩治療」，或進入安寧療護院的計劃。[1,55,56,85-92]

病童和紓緩治療

凡是父母，都認定自己會比孩子先離開人世。我曾目睹，年過八十的老母親因為失去六十五歲的孩子而哀痛逾恆。他們認為事情不該如此。如果父母送走的是學齡稚子，或是更年幼的子女，就會更加感到不捨。

然而，殘酷的現實是，有些孩子來不及長大就夭折了。雖然沒有人希望白髮人送黑髮人，但是，當事情發生時，我們應該讓孩子儘可能安詳離世。這需要規劃和準備[93]。邁向安詳和尊嚴之死的第一步，就是接受「臨終診斷」（the terminal diagnosis）。愈早確診，就能走得愈安詳[94]。

何時能讓孩子參與醫藥治療的決定，尤其是事關拒絕或移除維生醫療時？當然，他們必須夠成熟，足以了解自己的病情、預後情況，以及有哪些可行的治療選擇。青少年病患的意見應該納入考量[95]，至於年紀較輕的病童是否參與決定，則視個別的能力而定。美國兒科醫學會主張，即使是較年幼的病童，其意見也應該納入臨終決定過程之中[96]。

情感和心靈上的掙扎最折磨人。要放手讓孩子離開人世，極其困難。我看過一個和媽媽相依為命的十四歲孩子，得了癌症，癌細胞擴散到胸腔和手臂。因為呼吸困難，所以對他來說，最舒服的姿勢是坐在床沿，把枕頭擺在小餐桌上，趴在上面。有時候，他就不分晝夜地這麼坐著。他母親說，要盡一切力量挽救兒子的性命，包括施予CPR和裝上呼吸器。

有天，我們談起她想用的這些積極治療。她嚴肅地以宗教口吻說：「我想，倘若我打了一一九，最後我的孩子全身插管死在醫院，那是上帝的旨意。倘若我沒打電話送急救，讓孩子在家中安詳地走，那也是上帝的旨意。」記得先前提過的「先確立目標」原則，我對她說：「妳希望妳兒子能如何安詳離去？」她回答：「我想過好多好多，我只希望有天早上走進他房間時，發現他在睡夢中走了……。」我告訴她：「在維生儀器監測下死亡，是意外；但安詳地在自己床上善終，則需要規劃。」

當晚，在父親探視過後，這個孩子在病期首次覺得放鬆，他躺在自己的床上，母親在榻上陪著他。沒多久，呼吸停了，他在媽媽的臂彎裡安詳地離開人世。這位母親做到了，要自己放手，順其自然。

從治癒轉為紓緩治療

只要醫療目標從強調治病痊癒，轉為合理且更有意義的目標，病人和家屬就會看到更大的療效。疼痛減輕、順其自然、修補失和的人際關係、尋求更深層的心靈價值、讚美病人的一生、為往日歲月開懷而笑、分擔病人的悲痛和憤怒，以及和病人道別，全都是我們每個人走到生命盡頭時的合理希望。當一個人已無合理希望，如果繼續強求治癒惡疾，可能使我們無法陪伴親人走完人生最後一程，也失去從中能獲得的成長和慰藉。

摘要：

- 在「人生最後階段」，大概都會走到某個時刻，將治療重點從「治癒」轉變爲「紓緩治療」，並且（或是）開始安寧療護。
- 安寧療護是一種醫療計劃，設計初衷是爲病人減輕疼痛，同時特別關照病人和家屬的情感和心靈需求。

- 臨終時在醫院加護病房內插管、接上各種維生儀器，通常是意外；要躺在自己的床上安詳離世，則需要規劃。
- 當重度失智病人步入末期，較恰當的作法是，將治療目標轉爲「紓緩治療」。

第四章

要深思的治療法——有助於做決定的實際幫助

本章要回答下列問題：

病人在考慮是否住院、裝呼吸器、洗腎或接受抗生素療程時，必須思考哪些問題？

如何和照顧我的醫療團隊溝通本人的治療意願？

什麼是「預立醫囑」和「醫療代理人」？

考慮是否要進行延長生命處置時，必須先釐清哪些問題，才有助於作成決定？

住院

住院，也許是四個最常見治療決定中，你所面對的最後一個*。倘若居家病人或安養院民的健康狀況突然惡化，通常會立即將他們送進醫院，好穩住病情，或至少讓他們覺得舒服一點。有些時候，即使是無意接受積極治療的病人，都能因住院而受惠，譬如讓某些症狀獲得控制，或是治療髖部骨折等需要特殊處理的問題。在考慮是否要住院接受治療時，病人和家屬必須同時衡量因此造成的負擔，和可能帶來的好處。

住院對安養院民和居家病人所造成的負擔如下：

- 在病人適應新環境、新護理人員和新的生活作息時，可能增加焦慮和不安（尤其是對失智患者而言）[71]；
- 增加感染的可能性；
- 增加病人身體受到約束或施打鎮靜劑的可能性，尤其是失智患者；
- 增加積極治療任何情況的可能性，因為這就是醫院採取的正常處置；
- 增加診斷檢驗的可能性，造成病人的負擔和疼痛。這些檢驗在醫院都是現成的，但卻可能是種負擔，尤其是對那些心意已決、即使檢驗出任何病症，也無意接受治療的病人和家屬。

倘若院民在安養院就能獲得相同的療護（如：靜脈注射抗生素），那必定有人會

＊四個最常見的治療決定是：一、是否施行 CPR？；二、需藉助人工營養和水分嗎？；三、安養院民或居家病患應該住院嗎？四、臨終前，是否應將醫療目標從治療轉爲安寧療護或紓緩治療？

問：為何要將病人轉送醫院？在少數情況下，唯有送到醫院，才能確保病人所受的疼痛能得到控制，或讓病人覺得舒服，那麼住院就是適當的。當然，有些病人寧可住院，因為他們認為那樣可以獲得較好的照護。無論如何，病人和家屬的選擇是優先考量。

有一種治療選項可以減少積極醫療，那就是**「拒絕住院」（Do Not Hospitalize）醫囑，簡稱為「DNH」**[97,98]**。有些機構稱此為「拒絕送醫」。這是個關鍵問題——「能否在安養院或家中施予紓緩治療、疼痛控制，以及任何所需的適當治療？」**倘若答案是肯定的，那麼就可以考慮為病人開立「拒絕住院」醫囑。如果病人病情出現變化，或無法聯絡上主治醫生，「拒絕住院」醫囑就特別有幫助。輪值待命的醫生，通常事先不清楚病人的病史，也不知道病人或家屬是否願意接受積極治療，在此情況下，如果無法立刻連繫到家屬或主治醫生，「拒絕住院」醫囑就能幫助醫生和其他醫護人員了解這項醫療選擇。「拒絕住院」並非意味著病人可以永遠不必住院，這只是表示如果尚未和病人、家屬、主治醫生徹底討論清楚，就不必將病人送進醫院[78-79,99,101]。

呼吸器

病人呼吸停止時，有種機器可以派上用場，這就是「呼吸器」（ventilator）或「呼吸面罩」（respirator，或稱「氧氣面罩」）。呼吸器通常用於大型手術麻醉期間或術後，輔助病人的呼吸功能。有時也用於協助重症病患，如中風、肺炎或心跳停止。使用呼吸器時，連接機器的管子會由口部置入，通到氣管，以便機器將空氣打進肺部。有時候，這條管路會透過外科手術，從喉頸部置入，直接連到氣管。這種外科手術接合稱之為「氣管切開」（簡稱為「氣切」）。

套著氣切管會讓人覺得不舒服，因此，對於可能會拔掉氣切管的病人，往往必須縛住雙手，或是注射鎮靜劑，以免因意外拔管而造成危險。有時候，藥物能為病人緩解不適感，如此就不必綁住病患的雙手。這種不舒服的副作用，大多數人都能接受，因為一旦病人不再需要，就能立刻移除這些管子和呼吸器。

不過，有些病人長期罹患的是會引起呼吸衰竭的疾病（如慢性阻塞性肺病〔COPD〕、肺氣腫或心臟衰竭），或是運動神經元疾病，如魯·蓋瑞格症（Lou

Gehrig's disease，[譯註2]），則必須面對一種可能性——一旦他們接上呼吸器，可能就再也無法脫離它了。醫生會協助你評估，是否要暫時或永久使用呼吸器。

對於那些呼吸衰竭的病人，除了呼吸器，還有其他替代性療法可以選擇。醫生和病人可以簡單地使用氧氣、加壓面罩、特製背心，或施以藥物治療。可想而知，害怕不能呼吸，可能和呼吸窘迫本身一樣嚴重。**藥物和氧氣支持性療法，都可用來解決恐懼呼吸窘迫，以及呼吸窘迫本身。**

我有個病人，光是要從椅子移身到床上，就會喘不過氣來，還得花半個小時讓自己恢復呼吸。她有慢性呼吸窘迫的毛病，在藥物治療下，成效不錯。這位保守的老太太有一回告訴我：「我一直很抗拒藥物，不過，這個嗎啡還真神奇，竟然可以讓我好好呼吸。」有些病人發現藥物、禱告和引導想像治療[102]，可以減輕焦慮、恐懼和呼吸窘迫。

有些時候，病人是因為心存某個希望，才願意接上呼吸器。他們以為這只是暫時之計，只要治好肺炎、心臟衰竭或其他突發性併發症，就能擺脫呼吸器。然而，他們的健康狀況卻每下愈況，毫無好轉的希望。這時候，病人或家屬也許會考慮移除呼吸器，意識到死亡是可能的結果。此時，醫生會從旁協助，評估未來的可能狀況。倘若決定移除呼吸器，醫護人員就必須讓病人感到舒適。在移除人工呼吸器時，止痛藥、鎮靜劑、鬆弛劑都是讓病人感到舒適的必需品。家屬未必想親眼目睹移除過程，但倘若宗教儀式對病人和家屬很重要，他們也可以在呼吸器移除前後，請傳道在場禱告。呼吸器移除之後，病人可能不會馬上過世。

千萬記住，假如病人在移除呼吸器後離世了，死因是導致他呼吸衰竭的病症，而不是因為移除呼吸器。病人不是被謀殺而死的。**藉著移除呼吸器，我們讓病人得以自然死亡，若不是接上呼吸器，這一刻應該早已到來**[103]。

透析（洗腎）

腎衰竭的發病原因有兩種。一是病人腎功能逐年退化，最後惡化成「末期腎病」（end-stage renal disease, ESRD）。另一種情況是腎臟原本沒問題，腎功能卻在

譯註2：魯・蓋瑞格是美國洋基隊明星球員，被譽為「洋基之光」，因罹患俗稱「漸凍人」的「肌萎縮性側索硬化症」（Amyotrophic Lateral Sclerosis, ALS）而退出球場，後來美國人即將ALS稱之為「魯・蓋瑞格症」。

短期間內急速下降，這就是一般所知的「急性腎衰竭」（acute renal failure, ARF）。這兩種都是致命重症，有些病人可以藉由「透析」（dialysis，即俗稱的「洗腎」，可分為「血液透析」〔hemodialysis〕和「腹膜透析」〔peritoneal dialysis〕兩種——譯按）而保住一命。在這項治療中，病人全身的血液必須流經一台機器，「洗淨」血中雜質，再將乾淨的血送回病人體內。透析的過程通常不會使病人覺得舒服，事實上，每一次治療過後，病人往往會感到精疲力竭。在治療過程中，病人可能會出現噁心和低血壓症狀（如盜汗、頭暈、心跳加速、昏厥）。多數病人反映，在不需洗腎的時候，會有較好的生活品質。

對於那些患有急性腎衰竭的人而言，透析也許能在腎臟功能恢復之前，保住他們的性命。因急性腎衰竭而住院洗腎的病人，約有百分之五十～七十的機率是在醫院度過臨終期。對於末期腎病患者，透析治療能讓他們多活好幾年。這類病人通常死於心臟病或感染；這些末期腎病患者之第二常見死因，尤其是對年逾六十五歲的老人，則是自願停止透析導致腎衰竭。大約每五個洗腎病人中，會有一個決定在死前停止透析治療[104]。這些決定的根據，往往是因為病人不滿意洗腎下的生活品質。

停止洗腎之後，末期腎病患者通常只能再撐一個禮拜，不過，這可以讓他們很安詳地辭世。

倘若洗腎病人有兩種以上的健康問題，死亡風險就會更高。這些風險因素包括：高齡、營養吸收不良、缺乏生活自理能力，以及糖尿病[105]。醫生或腎臟病專科醫師可以協助評估，洗腎是否適合你，或是能否幫助你。治療的限時實驗也能讓所有人了解治療的概況，以及治療能為病人帶來什麼好處。

倘若決定停止洗腎，醫護人員就必須讓病人感到更為舒適。醫院或安養院的緩和療護（紓緩治療），以及在家的安寧療護，都適合停止洗腎的末期腎病患者。

抗生素

在一九五〇年代之前，北美最主要的死因，是肺炎之類的感染。所幸，抗生素全然改變這個情況，而且，曾經奪走無數性命的感染問題，如今也有藥可治。倘若病人仍有吞嚥能力，那麼投以口服抗生素只會引起少數的可能副作用。倘若是靜脈注射或使用呼吸器的病人，相較於抗生素所能帶來的可能好處，挨針也許只是芝麻小事，而副作用包括腹瀉、噁心和嘔吐。在我們一生當中，抗生素是常用藥，但是，當生命走到盡頭之時，有些人也許就不願再藉助這些藥物，好讓自己可以自然、安詳地離開人世。

拒絕抗生素的問題，通常出現在長期病症末期，如阿茲海默症[71,106,107]。在阿茲海默症末期會反覆出現的問題，是因吞嚥困難造成的經常性肺炎。如同我們先前提到的，此類病人使用的餵食管，比謹慎手餵更易引起感染。如果病人在接受幾次抗生素療程之後，仍舊持續併發肺炎，病人和家屬也許就要考慮是否繼續接受這類治療。因為藥物雖然可能暫時有效，卻無法根治持續惡化的基本問題——失智。

死於肺炎，其實可以走得很安詳。**這種病向來稱之為「老年人的朋友」，因為它總是極其輕柔地將長年因疾成殘的人帶離人世**。要拒絕抗生素的話，可以先請主治醫生為你說明箇中利弊，醫護人員也能找到方法，確保病人即使不用抗生素，還能感到舒適。

雖然我舉阿茲海默症作為例子，但不用抗生素其實可以適用於各種疾病的末期。我看過一些癌症病患拒用抗生素，一些永久昏迷病人的家屬雖然使用餵食管，卻拒絕抗生素，好讓病人可以走得自然又安詳。

疼痛控制

大多數致命和末期病症都有個共同問題，就是會讓病人感到疼痛。幸好，有許多方法可以減輕或消除各種疼痛。用來緩解這些麻煩症狀的，通常是止痛藥，如阿斯匹靈、乙醯胺酚（泰諾〔Tylenol〕）和嗎啡。在疾病本身之外，還有些其他因素會讓疼痛更加惡化，譬如憂鬱、精神困擾、家庭失和或睡眠不足，都會使疼痛加劇。同樣地，除了藥物之外，我們知道還有許多因素可以緩解疼痛。以下是其中幾種能減輕疼痛的方法：和神職人員、家人或朋友做心靈協談；冥想靜坐；聽音樂；引導想像[102]；禱告；催眠；到親友家走走聊聊；按摩，以及其他很多方法。

有關疼痛控制的事實：

- 醫生或護士應該定期詢問病人是否感到疼痛。千萬別把疼痛當作無可避免之事。你覺得痛的時候，務必告知照護你的人。

●依指示服用止痛藥很重要。治療目標是「事先預防」疼痛，而不是在痛到難以忍受時才反映。

●許多病人在服用止痛藥之後，能保持清醒，其他人則可能會略有睡意。

●止痛藥引起的睡意，通常在持續服藥數日後會有所減輕。

●用來控制疼痛的藥物，**不會**讓過去無藥癮問題的人用上癮。

●醫生通常會逐步增加麻醉藥，如嗎啡的劑量，以達到控制疼痛的需要量。這種漸進式增加劑量的作法，稱為「滴定」（titrating）。慢慢調增劑量的止痛藥，無論劑量有多高，都**不會**縮短病人的生命。

●有些病人在人生的最後幾個小時或幾天，如有必要控制疼痛或其他症狀，可能會選擇完全麻醉[109-115]。

一些有助於做決定的實際幫助

治療決定是由醫生、有行為能力的病人及家屬共同達成的協議。醫療團隊必須知道，病人有哪些和治療決定有關的願望。有幾件事有助於擬定治療計劃，並了解施行中的計劃。那麼，該做什麼？

一、討論問題

如同我們先前提到的，這些問題必須由家屬、醫生和有思辨能力的病人共同討論。最好是在病危前討論出結果，以免因時間壓力而倉卒決定。無論最後採取何種治療，都有權利找其他醫生做第二諮詢。

倘若第二諮詢和主治醫師的意見相左，那麼，就有合法權利為病人更換主治醫師。同樣地，若醫生自認為在倫理上無法執行家屬或病人的要求，也可以選擇退出這個醫療個案。

二、做出有意識的決定

你想接受各種能延長生命的醫療措施——在討論過治療選擇，並決定採取延長生命措施後，通常不會有特別醫囑。如果沒有醫囑限制的話，通常就是採用標準處置。延後作決定，可能的情況是，病人和家屬想要各種可用的急救措施，包括施行

CPR和呼吸器等維生機器。

你不想要CPR——倘若你不想接受CPR，就得請醫生在病人的病歷中開立「不予急救」、「拒絕CPR」或「拒絕急救」醫囑。倘若是居家病人或安養院民，則可向醫生索取「院外不予急救」表單，急救小組會尊重處理。

你不想置入餵食管——倘若你不想裝上人工餵食管，請找醫生商量。一般而言，倘若病人病情急性惡化，你可以作決定的時間，大約是數天到數週。

你想移除人工餵食管——倘若你想移除人工餵食管，同樣要找醫生商量。要落實這樣的醫囑，病人本身、家屬、親友都必須先做好心理準備。這些治療決定都會帶來相當的情感衝擊，不過，移除人工餵食的決定，尤其令人煎熬。

安養院民或居家病人不想住院——倘若你想考慮「拒絕住院」醫囑，那就聯絡你的主治醫師。家屬可以和醫生一起討論，找出能讓病人無須住院，又能保持舒適且顧及醫療目標的各種選擇。

你想接受「紓緩治療」或緩和療護——同樣地，這是必須由醫生開立的醫囑，務必聯絡你的主治醫生。

你想考慮接受安寧療護——醫生會為你介紹安寧療護院，或是你可以直接看電話簿，自行聯絡當地的安寧機構，或聯絡「國家安寧緩和照護組織」（The National Hospice and Palliative Care Organization，網址：www.caringinfo.org；譯按：台灣安寧緩和醫學學會：02-23225320、www.hospicemed.org.tw；財團法人中華民國（台灣）安寧照顧基金會：02-28081130、www.hospice.org.tw；台灣安寧照顧協會：02-28081585、www.tho.org.tw）。

三、考慮簽署「預立醫囑」

「預立醫囑」（advance directives，或稱「預立醫療指示」）通常有兩種類型：「生前預囑」（a living will，或稱「生遺囑」）或聲明，以及「預立醫療委任代理人」（the Durable Power of Attorney for Health Care）。要簽署預立醫囑，病人必須是有行為能力者。美國各州預立醫囑的相關法令，都有提供「生前預囑」和指定「醫療代理人」（a health care proxy）表格。

「生前預囑」：如果一個有行為能力的人罹患不治之症，且不想接受人工延長生命處置，就可以考慮簽署「生前預囑」。這份文件之所以稱之為「生前」預囑，是因為僅在當事人生前才具有效力。通常，簽署這項聲明時，必須有無親屬關係的人在場見證；而已擔任某人之醫療代理人或監護人者，即可為此病人作決定。

當事人無法代表自己發言時，這項宣言就載述著他的心願。大抵上，宣言的基本內容是：「倘若本人罹患末期疾病，且無康復希望時，本人不願以各種人工措施延長生命。」倘若你希望或甚至聲明，你**確實**想以人工方式延長自己的生命，也能加上更具體明確的內容。

雖然這些法令和聲明很有用，但還是有些問題存在。例如，「什麼是人工？」如同先前的討論，有些人認為餵食管是「人工且非必要的」，但同時，有另一派意見主張，這是基本的醫療處置。另外還有，「什麼是末期？」在某種意義上，每個人都處於末期，一旦心臟停止跳動，即走到人生終點；然而，對少數病人而言，情況或許可以因施行CPR而獲得逆轉。倘若一個人無法進食，即便有餵食管的幫助，依舊是處於末期。

最後，「生前預囑」必須由家屬和醫生加以解釋。他們必須斷定病人確實處於「末期，且無康復希望」，因此不使用非常醫療措施。接下來，他們要選定哪些治療是非常措施。醫生通常想知道，是否**全體**家屬都同意拒絕或移除治療，即便「生前預囑」已經清楚載明病人的願望[116]。一份「生前預囑」要仰賴一個意見一致的家庭，才能確保病人的願望得以實現。由於**「生前預囑」的這些限制，而突顯了一項重要的事，即是與全家人一起公開、誠實地討論治療抉擇**。

在美國，有關「預立醫囑」的更多資訊和各州適用表單，可參考照護網站：www.caringinfo.org，或電：800-658-8898。（譯按：台灣已有相關立法——「安寧緩和醫療條例」，保障病人「選擇自己身體如何被處理的權益」，但醫界和法界的相關實務經驗並不多，相關資訊也少，有需要者，可詢問「台灣安寧照顧協會」、「財團法人台灣癌症臨床研究發展基金會」、「財團法人蓮花基金會」或和信醫院，相關書籍可參閱《跟親愛的說再見》，天下雜誌。）

「預立醫療委任代理人」（亦稱為「醫療代理人」）：讓文件中指定的人獲得授權，可代表無行為能力的病人作任何醫療決定。這涵蓋所有的醫療決定，而不限於病人是否處於末期狀態。委任代理人的職責是，做出病人很可能會做的決定。目前，美國有許多州已有標準表單可供民眾使用，你也可以找律師處理相關文件。

有助於做決定的幾個問題

一、對於處在這個人生階段的病人而言，已議定的醫療目標是什麼？

可能的目標有三個：治療、使身體功能穩定，或為安詳、尊嚴之死做準備。記住，這些目標是可以「相結合」的，也可以隨著時間而有所改變，因此，這個問題和所有問題都可能得經過一再檢視。

二、病人想要的是什麼？

倫理學家稱此為**「自主權」**問題。有行為能力的病人，就能處理好生命延長處置問題所衍生的情感影響，也能不假他人之助，回答這個問題。倘若病人不借助他人，就無法回答這個問題，那家屬就得努力回想，病人曾就此事做過什麼表示。至於知道病人的意願，卻遲疑著不敢付諸行動的家屬，我有個牧師朋友會說：「看來，你父親已經下定決心，問題是，你會尊重、兌現他的心願嗎？」

三、病人的最佳利益是什麼？

這是一個**價值**問題。從本書你可以發現，關於如何對病人作出「最好的」抉擇，各家意見莫衷一是。有些人認為，不計代價保住病人性命最好；其他人則主張，最好的作法是同意讓病人死，而不以各種人工措施延長臨終過程。

四、倘若採取某種治療計劃，預後情況會如何？又有什麼可能後果？

這個問題必須和醫生或經驗豐富的護士討論。與此相關的其他問題則有：施予CPR之後，存活率有多大？如果病人保住性命，他往後可能是什麼情況？醫生預測，病人只需暫時使用餵食管（或其他機器）？或是可能會陷入無反應的虛弱狀態，必須永久依賴維生設備？倘若我們嘗試短期治療，病人卻無明顯好轉的話，能否中斷治療？就現有的健康狀況判斷，病人可能會死嗎？倘若死亡是可接受且是預料中事，我們可能試著**不**給予治療，轉而為安詳、尊嚴的死作準備嗎？

五、我能否就此放手，讓一切順其自然？

如果前面四個問題的答案是表示拒絕或移除治療，那麼，最後這個問題無疑是最難回答的。偶爾會有個家庭成員這麼說：「我知道，父親絕不願像現在這樣地活著；我知道，最好的作法就是讓他死；我知道，他根本沒有康復的希望。但是，我就是無法放手！」

最常見的情況是，無論是醫學、倫理、法律、道德或是宗教、適當治療的見解，都全然受著這個問題影響：「我能放手，讓他順其自然嗎？」關於這個問題，我們將在下一章詳加討論。

臨終決定所能獲得的協助

有關延長生命處置的決定，是黑或是白？都不是！這通常是深淺不一的灰色。當你蒐集的資料愈多，答案就愈清楚。醫生、護士、神職人員和社工，都只是能協助你釐清決定的一小部分人。**無論病人最終的決定是什麼，負責照護的醫護人員都會盡力給予支持。**

摘要：

- 隨著病人病情惡化，你必須面對的決定有住院、借助呼吸器、洗腎，或甚至是抗生素療程。對某些病人而言，這些治療是適當的，但對於其他病人，他們可能會拒絕這些治療。
- 書面正式的「預立醫囑」和「預立醫療委任代理人」會有幫助，但病人對於日後醫療所能做的最重要事情，是和家人與醫生討論你的願望。
- 在作出有關延長生命處置的決定時，首先要確立治療目標，其次是顧及病人的願望、病人的最大利益，以及預後情況。
- 若是所有跡象似乎是指向拒絕或停止治療，那最大問題是：「我能放手，順其自然嗎？」

第五章

順其自然的歷程

本章要回答下列問題：

本書作者對這些治療有何個人想法？

可能放手，或是順其自然嗎？

有其他歷經過此種「放手且順其自然」的人，可以告訴我們該怎麼做嗎？

打從一九八三年起，我開始在安養院、安寧療護院和醫院擔任院牧。我對延長生命處置的信念，源自於我對病人及其家屬的教牧關懷。而我的老師，舉凡病人、家屬、護士、醫生、醫學研究，以及思索臨終前的情感和心靈掙扎的相關著作都是。

一位牧師的個人觀點——四種治療決定

今天，**我在此逐一討論臨終病人最常見的四個治療決定**。雖然我確信自己的論點有著扎實的研究基礎及親身體會，但是，和醫生、家人及心靈導師討論這些問題，才是無可取代的。

一、是否施行 CPR？

我承認，在 CPR 的搶救下，有百分之十五的住院病人得以存活下來。醫生可協助病人和家屬評估，急救嘗試能否帶來任何可能的醫療好處。

然而，絕大多數證據顯示，CPR 無法讓多數重症末期病人的身體功能恢復到先前的水平。對這些病人而言，CPR 根本毫無醫療助益。在兩項研究中，絕多數大病倖存、得以出院的安養院民，都拒絕接受任何進一步的 CPR 嘗試[7 14 117]。我想，這正說明了他們個人和家屬對於 CPR 效益的評價。

有位研究者將與孱弱的臨終病人或家屬討論施予 CPR 的作法，比喻為一場「殘酷的騙局」（a "cruel hoax"）。這場騙局是，我們向病人提議各種醫療決定，徵詢他們是否要接受 CPR，暗示他們這些治療會對病人有所幫助[16 118]。其中，最殘酷的形式是這麼問的：「你要我們試試 CPR 嗎？還是你想讓你母親死？」有誰會想讓自己的媽媽死掉?!說穿了，這根本是個不對的問題。不論有無施予 CPR，這些病人都即將離世。基於各種不同的理由（其中有些理由立意十分良善），美國的制度要求我們，「不進行」某項治療時，必須先獲得家屬同意，無論這些治療是否根本無效，或甚至對某些病人有所危害。因此，我們讓病人和家屬覺得，他們正在做的決定，是要結束某個人的生命。其實，**真正的抉擇是，病人能否更安詳地善終？或是硬要將積極醫療加諸在臨終病人身上，試圖扭轉必然的死亡。**

我觀察過想讓臨終親人接受CPR的家屬，在選擇放手和順其自然的過程中備受煎熬。他們親眼目睹一個曾經生氣蓬勃的人，慢慢衰弱。對他們而言，開口說「拒絕CPR」，無疑是宣布「放棄希望」。**然而，拒絕急救嘗試並非放棄生命的希望，而是面對一個事實——CPR無法挽回這個病人的性命。**CPR儼然是一種象徵，代表「我們永不放棄努力」。但由於CPR未能帶來醫療好處，只是個毫無意義的象徵形式。家屬必須誠實以對的問題是——「我們想讓媽媽接受CPR，是為了我們自己、還是為了她好？是因為我們無法接受她即將過世的事實，才想盡一切辦法讓她活著嗎？」通常，最愛她的作法是，讓媽媽在沒有CPR的積極治療下，安詳地離開人世。

二、需藉助人工營養和水分嗎？

人工水分和營養這個問題，我並不算很清楚。我在安養院交到的最好朋友，是一位四十二歲、罹患肌萎縮性側索硬化症（漸凍人症）的海軍中校。他能說話，但很吃力，偶爾完全講不清楚時，就用腳趾頭寫字母，一個字一個字地拼出他要說的話。我們可以一起討論世界大事、講笑話，分享彼此的家庭點滴。他的生命，是靠著呼吸器和人工餵食管在維持。他找到自己最好的生活方式；假如我哪天也有相同障礙的話，希望自己能像他那樣地生活。幸運的是，他擁有行為能力，可以自行決定，選擇借助人工措施「繼續活著」。

我也看過其他插管病人，以餵食管作為暫時攝取水分和營養的工具。待他們康復之後，移除餵食管，恢復正常進食。

另一方面，許多無望恢復飲食能力的病人，藉由餵食管維生。有些病人有話想說時，似乎能以眼睛傳達心意。其他一些人則無法做出有意識的回應，無法透過眼神的接觸，或是發出聲音表達自己心裡想說的話。我經常去探視一些病人，他們在這種毫無反應的狀態下，活了好多年。

永久喪失飲食能力，算是一種末期狀態。**病人一旦走到任何疾病的末期狀態，就有權利拒絕人工餵食，就像有權拒絕 CPR 或呼吸器一樣。**

我曾參與過十多個病例，一開始當事人插管接受人工餵食，後來移除管路，讓病人得以善終。有個例子是一位八十三歲的老太太中風後，裝上餵食管，卻未曾再對這個世界做出任何回應。在中風兩年半之後，護士在為她例行翻身時，不慎把一條腿給折斷了。她的三個兒子深信母親肯定不願這樣活著，於是要求醫生移除人工餵食管，讓她離開人世。

還有個四十歲婦女得了腦瘤，經過一連串治療後，最後在一次手術之後成為植物人。她靠人工餵食管進食超過兩年，主治醫生告訴家屬：「假如這是我的女兒，我會停止餵食，讓她死亡。」家屬同意了，將她接回家度過臨終期。在她過世幾年後，我去拜訪她母親，她說：「我為這個決定掙扎不已時，您幫了好大的忙。記得那天，我到您辦公室哭，擔心如果停止餵食的話，我是否就殺了自己的女兒……。」我告訴她我記得很清楚。她繼續說：「您告訴我，女兒不是我害死的，是腦瘤殺了她。」

另一名婦女已經在安養院住了大約五年，曾經兩度中風。她能坐輪椅、進食，還能到親友家走動，但是她不滿意自己的生活品質。後來，她第三度中風，家屬早就料到有朝一日會這樣。由於送到醫院急救，很可能得裝上餵食管，而家屬因為明白母親的心意，因此和醫生討論後決定讓她繼續待在安養院。這一次，她已無法以口飲食，但人還很機靈，眼睛似乎隨時跟著屋內走動的人四處轉著。我們讓她保持舒適，不受疼痛之苦。一個禮拜之後，她安詳地走了。這一家人做出勇敢的決定，未曾動用餵食管，不以此延長臨終過程，讓母親無須因此多受幾年折磨。

從理論上來說，人應該做出有意識的選擇，決定接受或拒絕人工餵食。但我的觀察讓我相信，醫生往往未讓家屬或病人選擇，就替病人裝上餵食管。我可以肯定地說，醫生是因為擔心「未盡一切努力搶救」的法律後果。我希望醫生可以選擇施予限時的人工餵食。倘若在一定時間內，治療未能得到預期的效果，就能選擇要繼續或中斷治療。但是人們卻經常陷入一種處境，他們原本期望餵食管只是暫時之計，結果，幾年過去了，病人卻仍然毫無反應。

有些家屬會做出有意識的選擇，決定繼續施予管灌餵食，即使病人無法做出回應。有個這類病人的女兒告訴我：「我永遠做不到不去餵我媽。」我尊重她的想法。因為假如她放手讓母親死，是她得忍受這個決定，而不是我。我知道，倘若她同意停止治療，讓母親往生，她一定會自責一輩子。放眼人類歷史，唯有我們這一代（而且主要是美國的這一代[60]），家屬會因為不以人工方法餵食某個在臨終前無法進食的親人，而感到內疚。

有意思的是，許多文化將停止進食視為臨終的**象徵**，而不是死亡的**原因**，他們甚至從沒想過要用餵食管。人類停止進食，其實是身體部分功能的停擺。這就好像造物主要我們逐漸淡出這個世界，所以從我們在臨終前停止飲食起，就開始步上離世之路。但現在，假如我們不以人工方式強迫為病人灌食，有些人就會說：我們「讓病人餓死」[119,120]。

就像永久昏迷的病人一樣，我相信阿茲海默症或其他失智症的末期病患，是完全不適合裝上人工餵食管。插管無法治療根本症狀，也不能阻止死亡，甚至不會延長病人的性命，讓他們活得比不插管的病人更久。尤其，餵食管會對這些病人帶來極大負擔，那是任何好處都抵銷不了的。

如同CPR的情況，治療已經成為象徵形式[121]。放眼古今，各個文化皆以提供飲食作為好客和關懷的表徵。但是，當一個人再也不能以口攝取營養，在我看來，以人工方式提供飲食已不再具有相同的意義。病人從人工餵食所得到的情感和心靈支持，遠遠低於以手餵食，雖然他們顯然能以其他方法得到愛和關懷。但是，以人工餵食末期、臨終或其他衰竭的病人，對家屬已經變成只是一種象徵，卻對病人毫無醫療助益。

我還看過比使用餵食管具有更強烈醫療象徵意義的形式。在我初為安養院院牧時，有名中風婦人掛著鼻胃管，從醫院轉到安養院。她一再地自行拔管之後，她的女兒、護士和我一起和她溝通。她於心了然，沒有餵食管的話，自己就活不成了，不過，這正是她的願望。她女兒接受了母親的決定。我永遠記得最後一次見到她們的情景。我繞過角落，走進這位母親的房間，只見她女兒和病人一起躺在床上。年輕女子用雙臂環抱著年邁的母親，兩人靜默著，無須任何言語。何者才是較具震撼力的愛與關懷？是女兒在母親最後時日的相依偎？還是人工餵食管？等我臨終時，我希望也能擁有這種愛的觸動。

我想到諾曼・卡森斯（Norman Cousins，譯注3）的話：「死亡不是最大的悲劇；最大的悲劇是喪失自我，淪為機器的附庸，在疏離、了無生氣的地方垂死，觸不到關愛之手遞來的心靈養分。」[122]

三、住院

我曾在醫院看過，「不予治療」決定能為安養院民和居家病人帶來多大的幫助。就功能而言，醫院是以較積極的方式去治療疾病，如果病人健康狀況惡化，且罹患不治之症，通常較適當的作法，也許是在安養院或家中接受療護。

在某些情況下，住院治療似乎是唯一的選擇，譬如病人髖部骨折。安養院裡有些年邁院民在接受人工髖關節置換術後，復原情況之好，令我驚喜。但另一方面，有時候住院接受這類手術，卻反而揭開了死亡的序幕。我無法事先預知哪一類病人會遇到這種狀況，但我們確實知道，因髖部骨折或肺炎而住院接受治療的末期失智病人，其中有五成會在六個月內死亡；但有同樣狀況的心智正常病人，六個月內的死亡率是百分之十二～十三[85]。家屬及病人必須和醫護人員商量，找出在**此時**、對**此病人**最適當的治療方式。大抵上，在安養院或家中，若無法解決某些身體不舒服問題、或無法達到治療目標的病人，應該轉為住院治療，那也許能滿足他們的醫療需要。

四、安寧療護和「僅予紓緩治療」醫囑

在病人去世前幾個月開始接受安寧療護，成效最為顯著。對安養院民或居家病人來說，較早改採「僅予紓緩治療」的醫囑，其實也比較理想。可悲的是，有些人一直以為自己能夠康復，非要等到走到病程最末期，才願意將目標從嘗試治癒變更為提升生活品質。這些病人和家屬錯失了安寧療護和紓緩治療的全部好處。

安寧療護和紓緩治療的優點是，家屬、病人和醫療團隊不再為嘗試治癒疾病的各種積極治療，而把自己搞得身心俱疲。生理上的所有症狀仍會繼續獲得處置，只

譯注3：諾曼．卡森斯（Norman Cousins），美國《週六評論》（*Saturday Review*）資深編輯兼作家，曾罹患絕症被醫生宣告不治，最後卻以自創的大笑療法戰勝惡疾。曾任教於加州大學醫學院，著有《笑退病魔》、《史懷哲嘉言錄》（*the words of albert schweitzer*）等書。

是治療重點改成緩解痛苦，以及給臨終病人和家屬情感和心靈上的關懷。因為治癒不再是主要醫療目標，病人和家屬可以進行困難卻重要的任務，如改善病人生活品質、告別、一同哀悼、一起分享回味家人間的某些重要活動。

變更治療計劃

我寫這本書的目的之一，是要從法律、倫理、道德和醫療觀點，告訴那些正在為病人做醫療決定的人，他們可以接受的範圍有多大？在選擇治療計劃時，是什麼因素讓人做出其中一種選擇？

在擔任醫療院牧的多年經驗中，我常站在臨終病人的立場，深思醫療干預的問題。我細想過對臨終病人進行CPR、人工餵食及靜脈點滴治療、住院問題，以及和衰竭病人有關的抗生素使用和預後情況。經常，在醫療團隊同事的眼中，以及就我個人的想法，這些治療根本不具醫療意義，效益又微乎其微（如果有任何效益可言的話），也會增加生活負擔、延長臨終過程，而且也非受到倫理、醫學、法律、道德或信仰所規定，那為何要施予這些治療？

或許，進行這些治療的理由，是因為家屬放不下（而醫生也無法放手，或是不曾告知醫療決定者，這些治療計劃的效益有多微渺）。**那些為衰竭病人選擇此種延長生命治療的人，之所以這麼做，主要是因為自己無法放手，而非基於道德的必要性、或醫療的適切性**[123,124]。否則，你要怎麼解釋病情類似的病人，為何有這麼多不同的治療選擇？

我發現這些情感和心靈上的掙扎，往往凌駕於其他各種考量之上。擁有相同文化和宗教背景的照護者，仍可能做出不同的治療計劃，因為實際負責照顧病患的人，要放手時會更是煎熬[70,125-128]。如果兄弟姐妹有不同選擇，這種差異尤其明顯。我常常聽到這句話：「我們其他人都決定讓我母親走，但是我哥還沒準備好。」我之所以知道這些決定幾乎都取決於放手的情感和心靈掙扎，另一個原因是，我看過很多家庭成員，從堅持積極治療計劃，轉變成移除治癒性治療。

在倫理、法律、道德或宗教方面，決定者其實並不常改變「想法」。他們改變的是「心」。最終，他們就會走到這一點，做到放手，順其自然。

家屬可試著這麼對病人說：

當你想這麼說時：	請試著改口這麼說：
爸，您會好起來的。	爸，您在擔心什麼呢？
別說這種話！您會打敗病魔的！	要面對這一切，必定很辛苦。
我不知道別人要怎麼幫我們！	我們會一直陪著您的。
我就是不能談這件事。	我現在覺得有點不知所措，我們可以晚上再談嗎？
醫生懂什麼？！您會長命百歲的！	您認為醫生是對的嗎？您自己覺得如何？
拜託別放棄！我需要您！	我需要您！我一定會很想念您，但無論如何，我們都得熬過去。
一定還有辦法！	讓我們相信病人獲得最好的醫療，但如果已經盡力了，就讓我們一起度過。
別悶悶不樂，您會好起來的。	您一定很難受，我陪您坐會兒好嗎？

資料來源：《臨終手冊：給重症病人的指引》（From *Handbook for Mortals: Guidance for People Facing Serious Illness*, P.11, by Joanne Lynn and Joan Harrold, Copyright © 1999 by Joanne Lynn. Used by permission of Oxford University Press, Inc.）

掙扎的情感本質

某個星期一有個朋友來找我，她強忍著淚水說：「我必須在星期四做出抉擇，決定母親的生死。」這位朋友從她母親住院的鎮上，開了三小時車過來，她母親高齡八十二，兩年前健康狀況開始走下坡。這段日子以來，她中風兩次，還因腎衰竭住院洗腎。朋友和家人正要做出決定，考慮是否要讓母親停止洗腎。

為了協助她做決定，我提出一個問題讓她思考：「洗腎的效果有多好？」

「醫生說，已經沒有任何幫助了。」

我問：「妳母親有交代過她想怎樣嗎？」

「有，她說從來沒想過要洗腎。」

我簡直不敢相信自己所聽到的。我說：「因為妳是我的朋友，我就有話直說了。這個決定不難。但是妳根本不願意停止治療。到底是什麼原因讓妳這麼難下決心？」

她再次哽咽，忍住眼淚說：「我想，這幾年不常去看媽媽，讓我覺得很自責。」

至少她夠誠實去了解真正的癥結所在。為了顧及女兒的罪惡感，病人多洗了好多次腎。其實，這種情況十分常見，我們只是不想承認罷了。

曾有個醫生，在開處方為臨終病人施予靜脈點滴時，對護士說：「我們這麼做，是為了家屬。」他心知肚明，這種治療不會讓病人舒服些，甚至可能會讓他們更難受。但是，他卻為了心急如焚的家屬，做了**某件事**。我由衷希望他當時曾向家屬表示：「我知道母親即將過世，讓你們非常難過。我們沒人想失去自己的母親，但是，使用靜脈點滴對她毫無幫助，也不能阻止她死亡。不過我很擔心你們，想讓護士請院牧和社工人員過來，讓你們可以談談自己在掙扎些什麼。我們會讓你母親覺得舒服，盡量少受點痛。」

通常，積極治療病人，似乎都比協助家屬正視做決定時的情感和心靈問題，來得容易許多，即使得進行好多年。的確，醫生所受的訓練是進行醫療，沒必要協助病人和家屬去處理他們靈魂深處更困難的掙扎。醫師藉由對病人的積極治療，來解決家屬的情感掙扎，這是可以理解的，但問題是，他們醫錯對象了。

我能放手嗎？

曾有個病人的女兒在她父親彌留時告訴我：「我知道『不予 CPR』醫囑是最好的，但我就是放不了手。」她當時談的不是醫療，也不是倫理決定，而是陷在放手讓病人走的情感掙扎之中。她所握住的，只是個幻想。或許，她想藉由 CPR，嘗試讓父親多留一會兒，然而事實上，這項治療並無法達到這個目標。最後，在她父親過世前幾天，她才聲請「不予 CPR」醫囑。

還有位八十多歲的病人，靠人工餵食管進食。住在安養院的四年當中，他很少對周遭的一切做出回應。我問他的妻子是否需要協助決定移除人工餵食管，讓她先生善終。這位太太說：「我知道他絕不想以這種方式活著；我知道最好的做法就是讓他死；我也知道他不會好起來了；但我就是做不到放手讓他走。」

為了決定是否移除這項治療，她煎熬了兩年以上。最後我們開會討論，參加者包括安養院管理人、女兒、妻子、牧師和我。我們檢閱病人的情況，以及他曾有過什麼意願。他們的牧師希望我和管理員暫時離開現場幾分鐘。待我們回到會議時，這位妻子說，她已經決定要停止治療，讓先生離世。她簽署一份文件，授權移除人工餵食管。我永遠忘不了她接下來說的話：「我覺得如釋重負，好像肩頭有個重擔卸下了。」因為她已經放手，順其自然了。

你做得到放手，順其自然嗎？你當然可以，雖然有些人永遠辦不到。要做到這件事，需要的時間可長可短。身為教牧關懷者，我真想知道自己能怎樣幫助家屬和病人，讓他們做到放手和順其自然。經歷這件事幾年後，陸續有病人在移除人工餵食管後過世，我曾打電話給其中兩位病人的三個家屬，一一詢問：「你會後悔做出停止治療的決定嗎？」在不知道其他人想法的情況下，他們每個人都不約而同地立刻回答：「一點也不，我們反而很後悔自己沒有早點停止治療。」我接著問：「我和安養院可以幫什麼忙，讓你們早點作決定？」他們還是一致地表示：「沒有，只是這需要時間。」

我了解，正是時間這個因素，讓失智病人的家屬可以較易接受放手讓臨終病人離開[55][129]。基於失智症的緩慢病程，多年下來，家屬不得不放手讓病人一步步離開。他們懷著悲傷放手，因此，他們發現，接下來只要說「不予 CPR」或「拒絕人工餵食」，就能讓這個人解脫。我並非暗示做此決定對任何人是「容易的」，然而，因為這些決定所含的情感因素，使得失智病人的家屬要在飽嘗放手與順其自然的煎熬後，才真正放了手。

在必要時放手

在我詳述要放手讓臨終親人離世，所必須歷經的困難和痛苦掙扎後，一位身為按摩治療師的朋友說：「我的客戶也在煩惱相同的問題。他們因此頸部僵硬、腰痠背痛，他們必須學著放手。」

可能失去某人時，人們的自然反應是握得更緊，或者是試圖控制更多。諷刺的是，這麼做非但不會帶來自由快樂的生活，也得不到他們所追求的。我們大多數人都在學習放手。放開我們的童年，接受成人的責任；放開我們十多歲的孩子，以及試圖控制他們的念頭；放開追逐名利的快樂；甚至必須學習放開其他人，不為了自己的幸福而賴著他們。要學會這些功課，我們必須接受這個事實——這些人事物原本都是上帝的恩賜。

牢牢握緊的方法有兩種。我們會緊緊抓著，就像握在拳頭裡的硬幣。我們害怕失去它，所以牢牢握著。的確，假如手心朝下打開手掌，硬幣就會從我們的掌握中落下，讓我們覺得不高興。另一種握東西的方法是，手心朝上捧著。如此一來，硬幣就好端端地躺在手掌上，也可能被吹落或震出我們的「掌握」中。但只要它在那兒，我們就能擁有它，我們可以手心朝上地掌握它。把手放鬆，我們就能領受自由[130]。

我不想淡化或簡化做善終決定時，內心所承受的深切掙扎。**但我堅信，放手和順其自然，是我們此生中能夠經歷的一種生活方式。**那些會抓緊、控制其他人的人，往往就是這樣走到生命的終點。而那些把生命視為恩賜和恩典的人，往往也以同樣的心態走完一生[131]。丹尼爾．卡拉漢（Daniel Callahan，[譯注4]）說過：

「我們選擇如何死去，就如同展現了我們想如何活著，而我們在臨終時所體會到的意義，往往也是我們從生活中所發現到的意義……。一個學會如何放手讓生命離開的人，不僅擁有更豐富、更圓融的生活，也能更從容地面對自己的暮年。」[132]

在我們的大半生中，積極治癒性治療是恰當的。那些懷著恩典和放手觀念的人，會根據合理的康復機率，去治療自己的病。但是如果治療只能帶來有限的康復希望，還可能造成更大的負擔，則將生命視為恩賜的人，可以較輕易地撒手歸西。

有兩項研究發現一個事實——宗教型安養院較少使用CPR[67]。這些研究的目的，不在於探究為何宗教型安養院的CPR使用率較低，可能的原因是，這些機構對死後的生活有較正面的看法。對於這番有關CPR使用差異的解釋，我難以苟同。個人的推測是，那是因為宗教型安養院的管理員和工作人員，都抱持著「生命是一項恩賜」的觀念，握得太緊有違這種恩賜的精神。他們每天張開手心地過日子，讚美生命中的每一刻，而且不需要去控制各種事情——包括不必去阻止死亡。藉由他們的表現，就能把這種生活型態傳遞給病人和家屬。我希望我的信仰，就是相信自己能夠每天都活得精采，並懷著感恩的心情看待生命。等到我不再擁有生命這項恩賜時，也不必為了自己或我所愛的人而死守不放。

譯注4：丹尼爾．卡拉漢（Daniel Callahan），美國國家科學院院士，哈佛醫學院資深研究員，布拉格查爾斯醫學院名譽教授，亦是華府生物倫理基金會主任，爲生命倫理研究重鎮哈斯廷研究中心（The Hastings Center）之共同創辦人暨現任主任，提倡並資助生命倫理議題之研究及出版。著有《生命中的懸夢：尋求平和死亡》、《生命神聖的原理：一個新共識》等書。

面對的宗教問題

有時候，選擇以CPR或呼吸器去積極延長生命治療的家屬會這麼說：「神要召喚一個人回天家時，無論我們做什麼，他就是得走。」於是，這個病人靠著維生機器繼續活著。但我相信，我們做的某些事，**能夠**阻止某個人被「召回天家」。

除了「心跳停止」之外，人的身體還能傳達給我們什麼重大的信息，代表著「大限之期到了」？當一個人不再能以自然的方式進食，我們可以給病人插上餵食管，「扮演起上帝的角色」。但另一方面，我們也可以不使用「上帝賜給我們」的各種科學方法來扮演上帝。這問題很難回答。

我不必去猜測，上帝試圖藉由某人的健康狀況告訴我們些什麼；但這並不表示我們應該不禱告、不和精神導師商量，就自行決定。而是，我們不能預設上帝試著告訴我們要這麼做，或是那麼做。不能只因為上帝以醫療科技「守護」我們，就表示我們必須使用它。

有個病友是罹患轉移性癌症的婦人，我第一次到她家探訪時，她先生說：「漢克，上帝告訴過我，我太太不會死，所以我不想談任何有關死亡和臨終的負面話題，只接受痊癒康復的積極意見。」我說我尊重他的想法。通常我會讓病人和家屬設定議題，而且，倘若提到臨終議題，我就會參與討論。

一個多月後，他們得知癌細胞已經擴散到另一個器官。當我去探視病人先生時，他正準備出門工作。

「我不是告訴過你嗎？上帝說我太太不會死！」他劈頭就說。接著繼續說道：「我仍舊相信這番話，但是，撒旦試著要我懷疑。你能為我禱告嗎？」我說當然沒問題。他出門後，我轉身去探視他太太，問她是否也和先生一樣，相信自己不會死。她搖頭，然後哭了起來。她噙著淚水說：「我擔心，假如我死了，會讓我先生很失望。」

下次探訪時，我告訴先生他太太說的話。於是他挨著她坐著，握著妻子的手，並向她保證她永遠都不會讓他失望。我說：「在眼前這麼嚴重的情況下，卻只談治療，讓我很擔心兩件事。第一，你們可能沒有適當地控制疼痛，因為以她並非臨終病人的前提下，我們只能用泰諾為她止痛。我擔心的另一個問題是，倘若你不承認死亡的可能性，就會錯失一些相當重要的討論。我們都必須把每一天當作最後一天來過，而且以你們的情況，抱持這種態度最是重要。」

在太太離世後，先生說他知道上帝之所以告訴他「她不會死」，是因為上帝認為他會無法面對真相。我不喜歡幫上帝說話，但就是不相信上帝會故意對我們說謊。在我看來，這個男人太想聽到「你太太不會死」這句話，所以就想像那是來自上帝的話。

他不想失去太太的心情，是完全可以理解的。為了康復而禱告，也十分恰當。但我深信，由於我們都知道每個人百分之百都會死亡，因此若想像自己獲得一道明確的神諭，指示某個癌症末期病人不會死，那真的很不妥。

掙扎的心靈本質

雖然有些人可能有這些和上帝或宗教有關的問題，但是在思考生命終點時，我們所有人提出的都是較深刻的心靈問題。當我說「心靈」，就是試著不去扯到宗教、教堂，或一個有關上帝的嚴謹思考方法。我是著眼於這個詞的較廣義內涵——「賦予生命最終的意義」。在此意義上，心靈代表我們的本質，那是比我們所棲息的肉體更重要的東西。當我們所愛的某個人瀕死或死亡，我們就會接觸到最深層的心靈本質。在生命的鼻息消逝，血液也不再能為肉體注入活力之後，這個人的生命還有什麼意義？

可悲的是，大多數人終其一生在迴避這個最終的問題[133-135]。我們用各種事情和活動將自己團團圍住，去掩蓋生命無常這個真理。我們執著於生命，以及走在瀕死邊緣的摯愛親人。然而，執著所帶來的心靈煎熬和臨終本身所造成的痛楚，其實不相上下。好多次，我坐在安寧醫療小組的會議中，討論著因執著而辛苦掙扎的家屬。他們既執著又想控制一切。我曾說過：「瀕死本身，已經夠辛苦了，這些人卻選擇無謂的治療，讓瀕死的歷程更苦。」索甲仁波切（Sogyal Rinpoche，[譯注5]）寫道：

「我們懼怕放手，其實，也就是懼怕活著，因爲學習活著，就是學習放手。而

譯注5：索甲仁波切（Sogyal Rinpoche），西藏寧瑪巴大師，是位爭議性人物。一九五九年西藏抗暴失敗後，逃亡海外，一九七一年赴英國劍橋大學研究「比較宗教學」，並於一九七四年開始在西方弘法。著有《西藏生死書》、《臨終關懷》、《生命觀照》等書。

且，我們因執著而掙扎，是很不幸，也很諷刺：這不僅是因爲那不可能，也因爲它帶來我們亟欲迴避的極度痛苦。」[136]

這種有關生命無常的訓示，見諸於各種文化、宗教和時代。大衛王在《聖經》〈詩篇〉（103:14-16，[譯注6]）中寫道：

「寬綽惟主，諒我人性。我本泥土，主所陶甄。人生如草，當春發榮。朔風一至，杳焉無存。蹤跡蕩然，一如未生。」[137]

然而，在我們現今所處的文化中，人們似乎都窮盡力氣去否認生命的無常，還奮力抵抗到「嚥下最後一口氣」，去說「並非如此」。**正是這個觀念——「我們是否接受自己與所愛之人死亡的必然性」？在此觀念中，作善終決定，其實是一個心靈議題。**要做到放手，我們必須抱持一種想法，即是這個人不會有事的，即使他已駕鶴西歸。

放棄、放手、順其自然

有位精神科醫師告訴我，有個和愛滋病搏命的男人曾說過：「我終於明白，放棄和放手有何不同。」我常常咀嚼他的這番話，將它視為我們所有人都得歷經的掙扎，而這番體會，在我們考慮做出結束生命的決定時，尤其真切。

事實是，無論我們是否放棄、放手或順其自然，人終究一死。我們抉擇的是有關我們個人之死，或是親人之死的本質。**我們是要死於信任和慈悲？亦或恐懼和掙扎？**也許，我這本書的書名定得不太恰當。我們並非面對多個困難選擇，而是只有一個。**我們能否放手，活出生命的恩典？還是要堅持活在恐懼之中？抑或是，我們能否就順其自然？**

這就是我們正在討論的真正主題——「讓事情順其自然」。拒絕或移除人工和維

譯注6：此處引用的經文，是由知名法學家吳經熊教授於一九四六年義譯的古詩體《聖詠》。坊間常見的《詩篇》白話版譯文如下：「因為他知道我們的本體，念及我們不過是塵土。至於世人，他的年日如草一樣。他發旺如野地的花，經風一吹，便歸無有；他的原處也不再認識他。」

生機器，只是讓病人回歸自然狀態，我們接受事實，接受病人即將死亡，而我們只是順其自然。[138]

放棄，放手，順其自然

放棄，肯定歷經一番掙扎；
放手，肯定有過夥伴情誼；
順其自然，其實是沒有分離。

放棄，代表會失去某種東西；
放手，代表能獲得某種東西；
順其自然，代表沒有關係。

放棄，是恐懼未來；
放手，是期望未來；

順其自然，是接受當下我曾擁有的唯一。

放棄，是活在恐懼之中；
放手，是活在恩典與信賴之中；
順其自然，就只是活著。

放棄，是被痛苦擊垮；
放手，是擊垮痛苦；
順其自然，是明白痛苦常在我心。

放棄，是不甘臣服於在我之上力量的控制；
放手，是選擇臣服於在我之上的力量；
順其自然，是承認那種控制和抉擇可能是幻想。

放棄，是認爲上帝是可怕的；
放手，是相信上帝會保守我；
順其自然，是永不再問……

——漢克・鄧恩

維克多・弗蘭克（Viktor Frankl，譯注7）是一位精神科醫師，納粹時期曾在集中營度過好多年。在觀察俘虜、獄卒和他自己之後，他提出一個問題：「在如此可怖的情況下，生命能活出意義嗎？」他的答案是：「可以！」

提及那些在納粹統治下受苦的人，並非不在乎他們所受的苦。的確，他們的苦有著邪惡的成分，那是所有人都不希望面對的。這就是我的重點。倘若他們在如此惡劣的環境中，還能發現希望和意義，我當然也能夠在任何艱困的生活中，活出自己的路。

在弗蘭克的眾多故事中，我覺得最感人的一則是關於一個年輕女子瀕死時的省思。這則故事正是「放手」和「順其自然」的精髓，並且保證這世界其實是一個充滿愛的地方。

這名年輕女子自知再撐不過幾天，但是，當我和她談話時，儘管是這種話題，她還是神情愉悅。她告訴我：「我很感激命運給我這麼重的打擊。以前我被寵壞了，從來沒有認眞地修養心靈。」她指著小屋窗外說：「在我孤單寂寞時，這棵樹是我在這兒的唯一朋友。」從窗戶望去，她能看到的，只是栗子樹的一根枝椏，還有上面的兩簇白花。她跟我說：「我常常和這棵樹說話。」我完全愣住，不知該不該把她的話當眞。她精神錯亂了嗎？還是偶爾會出現幻覺？我焦急地問她，這棵栗子樹有沒有回應她。「有啊。」那它跟妳說什麼？「它告訴我——我在這裡——我在這裡——我是生命，永恆的生命。」[139]

倘若，在集中營裡垂死的女子都能夠看到那裡有神，那是生命，那麼，我的想

譯注7：維克多・弗蘭克（Viktor E. Frankl），維也納大學的神經暨精神病學教授，擔任維也納市立醫院神經科主任達二十五年。創「意義療法」，被譽爲「維也納第三學派」（第一、第二學派分別是佛洛伊德的精神分析及阿德勒的個體心理學）。其代表作爲《向生命說YES！》

法又何錯之有？

不治，並非最壞的結果

我們往往能從那些瀕於死亡的人身上，獲得有關如何生活的真知灼見。許多有過瀕死經驗的人，在事發當下被認定已經死亡，後來卻醒轉復活，還告訴其他人「另一個世界」有多美好，讓他們不再恐懼死亡[140-142]。經過那次體驗之後，他們的人生轉入佳境。

桑德．史都達（Sandol Stoddard，[譯注8]）轉述她和安寧病人的對話：「醫生，我告訴妳，臨終是人終其一生的經驗。」加州馬林安寧療護院（Hospice of Marin）一位八十三歲的病人如此說。老太太這番絕妙佳言所表達的，就像人生的本質一樣，依舊是個謎。

「我想，我是因為來到這裡，最後才能獲得喜樂。」倫敦聖．克里斯多福安寧療護院一位眼盲的老先生如此表示[143]。

當然，家屬、朋友和更大的群體，都會因失去某個我們所愛的人，而感到悲傷難過。然而，我們仍然必須將此一損失，視為提高對生命意義的理解。最終死在納粹奧許維茲集中營的艾緹．希樂桑（Etty Hillesum，譯注9），寫下她對死亡的沉思。她說：

「死亡的眞相，已成爲我生命中明確的一部分；也就是說，我的生命因死亡而延伸，透過我眼中對死亡的注視和接納，透過接受毀壞爲生命的一部分，我不再浪費精力去恐懼死亡，或拒絕承認死亡的必然性。這聽起來很弔詭：一旦我們試圖將死亡逐出我們的生命，我們便無法活出圓滿的人生；倘若我們將死亡納入生命之中，

譯注8：桑德．史都達（Sandol Stoddard），四十歲才成爲正式醫師，與同事鑽研能減輕癌症病人痛苦的新藥。一九六七年，她在倫敦近郊成立全世界第一所癌末病患專屬醫療機構——聖．克里斯多福安寧療護院，讓病人在院內，受到減少痛苦的照顧，而非完全爲延長生命的治療。著有《情深到來生》（*The Hospice Movement*）。

譯注9：艾緹．希樂桑（Etty Hillesum, 1914～1943），荷蘭猶太人，父親是教授古典文學的校長。她在大學時期志願到威斯特伯克集中營（Westerbork concentration camp）協助猶太醫生服務猶太同胞，於奧許維茲集中營過世。打從德軍佔領開始，她即持續將個人對生命和死亡的想法寫在日記內，但一九四二年十月後即停筆。她死後四十年，人們發現到這本日記，並出版爲《艾緹．希樂桑》（Etty Hillesum: An Interupted Life the Diaries, 1941～1943）。

就能開闊且豐富生命。」[144]

我的願望是，重症末期的病人及其家屬、醫生，在面對特定醫療只能延長臨終過程時，都能有雅量去接受大限之期已到的事實。或許，他們也有智慧得知大期之日已至；而且，在放手和順其自然的當下，可能會感受到來自充滿關愛宇宙之慈愛上帝的守護。

寧靜禱告文（譯注10）

神啊，求祢賜給我平靜的心，去接受我無法改變的事；
賜給我勇氣，去做我能改變的事；
賜給我智慧，分辨這兩者的不同。

——瑞合・尼伯（Reinhold Niebuhr）[145]

縱橫古今，聖哲先賢總是盛讚，生命的本質是圓滿活過每一天，生命不因死亡而斷滅。我由衷希望，病人和家屬也能接受現代醫學無法延長生命的事實，認真圓滿地活過每一天。

生態文學家愛德華・艾比（Edward Abbey，譯注11）回顧他短暫六十二年的人生結局，給自己下個註腳說：「悲慘的不是死亡或垂死；活過，卻未曾在生命中全力以赴，才是個人最深沉的悲哀。[146]」伯尼・西格爾博士（Bernie Siegel，譯注12）為癌症病人組織治療團體，稱之為「EcaP」小組，意思是「特殊癌症病人」（Exceptional Cancer Patients）。某天，有個組員說：「不治，並非最壞的結果。」西格爾補充說：「活不了，並非最壞的結果。」[147]

我想對正經歷著這段旅程的人說的是：放手和順其自然是一個希望。我們能夠

譯注10：寧靜禱告文，是美國神學家瑞合・尼伯（Reinhold Niebuhr）於一九四三年、世界二次大戰初期所寫的。但本書所引用的這段禱告文，並非尼伯所寫的原文，而是經過某個「屬靈重建」互助團體改寫的版本。

譯注11：愛德華・艾比（Edward Abbey，1927～1989），生態文學家，著有《沙漠隱士》。

譯注12：伯尼・西格爾博士（Bernie Siegel），美國一般外科兼小兒科醫生，致力於癌症患者的醫療照護，於一九七八年起發起「特殊癌症病人（ECaP）治療小組計劃」，倡導以愛與安全的治療原則，催化個人的改變並喚醒癒療的潛能，爲癒療開創全新的領域。他在一九八九年退休後，和太太仍積極投身於倡言人性化的醫療照顧與醫學教育。著有《愛・醫藥・奇蹟——外科醫師與特殊病人的共同見證》、《關愛生命活出健康》（*Love and Healing*）、《心靈的傑作：愛》、《107 招教養孩子的神奇魔法》等書，並曾獲選爲「理想老爸」。

圓滿度過每一天，正如我們接受自己和所愛之人死亡的必然性。承認醫療無法延長必然的死亡，並不是一種挫敗。一方面，這是承認世界是被創造出來的，同時也深刻體悟到，生命是造物主賜與的恩典。對我而言，出於恐懼的執著和控制，就是拒絕恩賜和上帝。我陪伴了數百個病人和家庭走過順其自然的旅程，只有更加領會到生命的神妙。

（全書完）

作者簡介

打從一九八三年起，漢克・鄧恩（Hank Dunn）即獻身於服務臨終病人及其家屬。他在費爾法克斯護理中心（Fairfax Nursing Center）擔任安養院牧，同時是北維吉尼亞州安寧療護院（the Hospice of Northern Virginia），也就是現今首都安寧療護院（Capital Hospice）的駐院牧師。

漢克畢業於佛羅里達大學，取得肯塔基州路易維爾南方浸信會神學院（Southern Baptist Theological Seminary）神學碩士學位。之後，在喬治亞州梅肯郡一個極為傳統的教會中，當了五年青年牧師；繼而遷居華盛頓特區，在一個相當非傳統的救世主教堂（Church of the Saviour）服神職。在一九八三年轉任為禮拜堂牧師之前，他當了一年木匠，以及四年的市區事奉。

他曾任阿茲海默症協會北維吉尼亞州分會會長，參與維州瑞斯頓醫療中心（Reston Hospital Center）倫理委員會，以及勞登醫療中心（Loudoun Hospital Center）宗教諮詢委員會，還長期在勞登醫院和勞登成人醫學精神科擔任義務院牧。多年來，鄧恩牧師也在愛滋病遊民收容所——約瑟夫之家（Joseph's House）擔任志工。此外，他也是所屬宗教團體「維也納浸信會」（Vienna Baptist Church）的志願副牧師，主要參與西維吉尼亞州落失河靈修中心（the Lost River Retreat Center）的退修事務。

為了便於向病人和家屬說明何謂「臨終決定」，他寫了一本小冊子，好讓他們能夠思考其中討論的各個課題。後來，還將這本小冊寄給其他機構，探詢他們有無意願為病人購買此書。一九九〇年，這本小書——《愛的抉擇》公開發行，初版銷售逾二百萬冊，獲得全美五千多所醫院、安養院、宗教團體，以及安寧療護院的採用。鄧恩的第二本著作——《幽暗之光：與絕症共舞之沉思》（*Light in the Shadows: Meditations While Living with a Life-Threatening Illness*），於二〇〇五年問世。這是一本文集，收錄臨終前情感和心靈關懷的相關省思。

漢克．鄧恩經常受邀針對臨終課題發表演講，個人興趣是自助旅行、划獨木舟和健行。有關致謝、資源連結、本書提及之議題協助、文末注釋連結，可上網至：www.hardchoices.com 查詢。

審訂者簡介

陳福民，中山醫院董事長暨婦產科主任。

一九六二年：國防醫學院畢業。

一九六三～一九六七年：三軍總醫院婦產專科訓練。

一九六七～一九七一年：美國貝絲以色列醫學中心婦產專科訓練。

一九七二年：美國約翰霍普金大學婦產科研究。

一九七四年：當選美國婦產科學院院士（FACOG）。

一九七五年：當選美國外科學院院士（FACS）。

一九七四～一九七九年：與國際生育研究中心（IFRP）合作完成十項研究工作；與國際妊娠諮詢中心（IPAS）合作在台推行「月經規則術」成立月經規則術中心一百多處。

一九八二年～迄今：中山醫院董事長兼婦產科主任。

一九八六年：獲英國劍橋國際傳記中心「國際醫界名人獎」。
一九九〇年：中華民國醫療諮詢服務協會理事長。
二〇〇四～二〇〇七年：國防醫學院校友會會長。
二〇〇六年：當選美國傳記學院「二〇〇六年風雲人物獎」。

注釋

縮寫：

BMJ ＝英國醫學期刊

JAGS ＝美國老人醫學會期刊

AJHPM ＝美國安寧緩和醫學期刊

JAMA ＝美國醫學會期刊

NEJM ＝新英格蘭醫學雜誌

1. Lynn J. Dying and dementia (editorial). *JAMA*1986;256:2244-45.
2. Youngner S. Healthcare Challenges of Medically Futile Care. *Issues in Medical Ethics*, Medical University of South Carolina, 1994.
3. Kaldjian LC et al. Goals of care toward the end of life: A structured literaturereview. *AJHPM* 2009;25:501-11.
4. National Conference for Cardiopulmonary Resuscitation (CPR) and Emergency Cardiac Care (ECC): Standards for CPR and ECC. *JAMA* 1974;227:864-6.
5. Saklayen M, Liss H, Markert R. In-hospital cardiopulmonary resuscitation: Survival in 1 hospital and literature review. Medicine 1995;74:163-75. 存活率相當高的病患：心律異常者（心室心搏過速或纖維性顫動）（存活率百分之二十一）呼吸停止病患；身體狀況正常、唯心搏或心跳停止是唯一的疾病患者。
6. Duthie E et al. Utilization of CPR in nursing homes in one community: Rates and nursing home characteristics. *JAGS* 1993;41:384-8.

7. Finucane TE et al. The incidence of attempted CPR in nursing homes. *JAGS* 1991;39:624-6.
8. Varon J, Marik PE. Cardiopulmonary resuscitation in patients with cancer. *AJHPM* 2007;24(3):224-9.
9. Peberdy MA et al. Cardiopulmonary resuscitation of adults in the hospital: A report of 14,720 cardiac arrests from the National Registry of Cardiopulmonary Resuscitation. *Resuscitation* 2003;58:297-308.
10. Booth CM et al. Is this patient dead, vegetative, or severely neurologically impaired? Assessing outcome for comatose survivors of cardiac arrest. *JAMA* 2004;291:870-79.
11. Ebell M et al. Survival after in-hospital cardiopulmonary resuscitation: A meta-analysis. *J of General Internal Med* 2001;13(12):805-16.
12. 絕症是「末期的、不可逆的器官衰竭」(失代償期肝硬化、透析無法控制之尿毒症、紐約心臟協會第四期充血性心臟衰竭、末期轉移性癌、敗血症、缺氧缺血性腦病、不可逆之呼吸衰竭) Saklayen M see note 5 above.
13. Applebaum GE, King JE, Finucane TE. The outcome of CPR initiated in nursing homes. *JAGS* 1990;38:197-200.
14. Tresch DD et al. Outcomes of cardiopulmonary resuscitation in nursing homes: Can we predict who will benefit? *Am J Med* 1993;95:123-30.
15. Awoke S, Mouton CP, Parrott M. Outcomes of skilled CPR in a long-term-care facility: Futile therapy? *JAGS* 1992;40:593-5.
16. Gordon M et al. Poor outcome of on-site CPR in a multi-level

geriatric facility: 3 1/2 years experience at the Baycrest Centre for Geriatric Care. *JAGS* 1993;41:163-6.

17. McIntyre KM. Failure of 'predictors' of CPR outcomes to predict CPR outcomes (editorial). *Arch Intern Med* 1993;153:1293-6.
18. Colburn D. The 40-year vigil for Rita Greene. *Washington Post* Health Section,10-13, Mar 12, 1991 and Obituaries, *Wash. Post* B6, Feb 3, 1999.
19. Maslow K. Total parenteral nutrition and tube feeding for elderly patients: Findings of an OTA study. *Parenter Enteral Nutr*1988;12:425-32.
20. Cranford RE. The persistent vegetative state: The medical reality (getting the facts straight) *Hastings Center Report* Feb/Mar 1988:27-32.
21. Zerwekh J. Do dying patients really need IV fluids? *Am J Nurs* 1997:26-30.
22. Ellershaw JE, Sutcliffe JM, Saunders C. Dehydration and the dying patient. *Pain Symptom Manage* 1995;10(3):192-7.
23. Byock I. Patient refusal of nutrition and hydration: Walking the ever-finer line. *Am J Hosp Palliat Care* Mar/Apr 1995:8-13.
24. Hall JK. Caring for corpses or killing patients? *Nurs Manage* 1994;25(10):81-9.
25. Sullivan RJ, Jr. Accepting death without artificial nutrition or hydration. *J Gen Intern Med* 1993;8:220-3.
26. Holden CM. Nutrition and hydration in the terminally ill cancer patient: The nurse's role in helping patients and families cope *Hospic J* 1993;9(2/3):15-35.

27. Andrews M, Smith SA, Tischer JF. Dehydration in terminally ill patients: Is it appropriate palliative care? *Postgrad Med* 1993;93:201-8.
28. Printz LA. Terminal dehydration, A compassionate treatment. *Arch Intern Med* 1992;152:697-700.
29. American Dietetic Association. Position of the American Dietetic Association: Issues in feeding the terminally ill adult. *J Am Diet Assoc* 1992;92:996-1005.
30. Lamerton R. Dehydration in dying patients. *Lancet* 1991;337:981-2.
31. Musgrave CF. Terminal dehydration: To give or not to give intravenous fluids? *Cancer Nurs* 1990;13:62-6.
32. Fugh-Berman A. Feeding the comatose patient: Procedures create major medical problems. *Washington Post*, June 26, 1990.
33. Schmitz P, O'Brien M. Observations on nutrition and hydration in dying patients. In *By No Extraordinary Means*, ed. by Joanne Lynn. Bloomington: Indiana Univ. Press, 1989: 29-38.
34. Quill TE. Utilization of nasogastric tubes in a group of chronically ill, elderly patients in a community hospital. *Arch Intern Med* 1989;149:1937-41.
35. Zerwekh JV. The dehydration question. *Nursing83* Jan 1983: 47-51.
36. Oliver D. Terminal dehydration (letter). *Lancet* 1984;2(8403):631.
37. Huffman IL, Dunn GP. The paradox of hydration in advanced terminal illness. *J Am Coll Surg* 2002;194:835-9.
38. Ahronheim JC. Nutrition and hydration in the terminal patient.

Clinics in Geriatric Medicine 1996;12:379-91.
39. Casarett D et al. Appropriate use of artificial nutrition and hydration—fundamental principles and recommendations. *NEJM* 2005;353(24):2607-12.
40. Dy SM. Enteral and parenteral nutrition in terminally ill cancer patients: A review of the literature. *AJHPM* 2006;23:369-77.
41. Miyashita M et al. Physician and nurse attitudes toward artificial hydration for terminally ill cancer patients in Japan: Results of 2 nationwide surveys. *AJHPM* 2007;24:383.
42. Leff B et al. Discontinuing feeding tubes in a community nursing home. *Gerontologist* 1994;34:130-3.
43. Institute of Medical Ethics Working Party on the Ethics of Prolonging Life and Assisting Death. Withdrawal of life support from patients in a persistent vegetative state. *Lancet* 1990;337:96-8.
44. Ahronheim JC, Gasner MR. The sloganism of starvation. *Lancet* 1990;335:278-80.
45. 身為醫師兼律師的柯蒂斯．哈里斯（Curtis E. Harris）表示：「我不認為提供食物與水分是治癒疾病的一部分；提供食物與水分應該是正常且一般的支持性照顧。」另一派（Harris CE, Orr RD. The PVS）反駁：就連福音派醫生都可能對此議題有不同看法。*Today's Christian Doctor* (published by the Christian Medical & Dental Society) 1999;30(1):8-13.
46. 前衛生局局長埃佛里庫普（C. Everett Koop）與美國外科醫師協會（Association of American Physicians and Surgeons）具文反對移除人工餵食管。他們表示：「關於提出結束克魯森女士生命的聲請，嚴重違反了醫療立意良善的本質。」Brief for the Assoc. of Am. Physicians and Surgeons. *Cruzan v. Director of Missouri Department of Health*, 497 U.S. 261(1990)(No. 88-1503).

47. 羅伯特・歐爾（Dr. Robert Orr）表示，針對長期無法對外界做出反應的病人放棄人工餵食，不是一種謀殺。中止使用餵食管代表達成一項共識，即此病患的病情已無法好轉，必然死亡。」see Harris, Orr, note 45 above.
48. 「就定義上來說，如果一位病患陷入不可逆的昏迷狀態，且無法吞嚥和進食，除非有延長生命裝置的介入，否則該病患就會死於這種病狀。對於無法醒轉的病患，放棄對其施予人工水分和營養，不會引發另一種致命的病症，而是讓原本的末期病症順其自然。」Father Kevin O'Rourke, The AMA statement on tube feeding: An ethical analysis. America: *The National Catholic Weekly* Nov 1986;22:321-4.
49. Gostin LO. Ethics, the Constitution, and the dying process: The case of Theresa Marie Schiavo. *JAMA*. 2005;293:2403-7.
50. Caplan AL, McCartney JJ, Sisti DA, eds. *The Case of Terri Schiavo: Ethics at the End of Life*, Amherst, NY: Prometheus Books: 2006.
51. Wolf-Klein G. Conceptualizing Alzheimer's Disease as a terminal medical illness, *AJHPM* 2007;24(1):77-82.
52. Volicer L; et al. Eating difficulties in patients with probable dementia of the Alzheimer type. *J Geriat Psychiatry Neurol* 1989;2188-95.
53. Peck A, Cohen CE, Mulvihill MN. Long-term enteral feeding of aged demented nursing home patients. *JAGS* 1990;38:1195-8.

54. Reisberg B et al. The global deterioration scale for assessment of primary degenerative dementia. *Am J of Psychiatry*1982;139:1136-39.

55. Luchins DJ, Hanrahan P. What is appropriate health care for end-stage dementia? *JAG*S 1993;41:25-30.

56. Mitchell SL. A 93-year-old man with advanced dementia and eating problems, *AMA*. 2007;298(21):2527-36.

57. Lo B, Dornbrand L. Guiding the hand that feeds. *NEJM*1984;311:402-4.

58. Norberg A et al. Withdrawing feeding and withholding artificial nutrition from severely demented patients: Interviews with caregivers. *West J Nursing Research* 1987;9:348-56.

59. Post SG. Nutrition, hydration, and the demented elderly. *J Med Humanities* 1990;11:185-91.

60. Goldstein MK. Long-term enteral feeding: The British view. *JAGS* 1991;39:732.

61. Meyers RM, Grodin MA. Decisionmaking regarding the initiation of tube feedings in the severely demented elderly: A review. *JAGS* 1991;39:526-31.

62. Gillick M. Rethinking the role of tube feeding in patients with advanced dementia, *NEJM* 2000;342(3):206-10.

63. Finucane T, Christmas C, Travis K. Tube feeding in patients with advanced dementia: A review of the evidence. *JAMA* 282(14):1365-1370, Oct. 13, 1999.

64. Post S. Tube feeding and advanced progressive dementia. *Hastings Center Report* 2001;31(1):36-42.

65. Lynn J, Harrold J. *Handbook for Mortals: Guidance for People Facing Serious Illnesss*. New York: Oxford University Press, 1999: 130-133.
66. Meier DE et al. High short-term mortality in hospitalized patients with advanced dementia: Lack of benefit of tube feeding. *Arch Intern Med* 2001;161:594-9.
67. Hurley AC, Volicer L. Alzheimer disease: "It's okay, Mama, if you want to go, it's okay: Use of a feeding tube." *JAMA* 2002;288:2324-31.
68. Lyder CH. Pressure ulcer prevention and management. *JAMA* 2003;289:223-6.
69. Murphy LM, Lipman TO. Endoscopic gastrostomy does not prolong survival in patients with dementia. *Arch Intern Med* 2003;163:1351-3.
70. Mitchell S et al. Clinical and organizational factors associated with feeding tube use among nursing home residents with advanced cognitive impairment. *JAMA* 2003;290:73-80.
71. Lacey D. Tube feeding, antibiotics, and hospitalization of nursing home residents with end-stage dementia: Perceptions of key medical decision-makers. *Am J Alzheimer's Dis Oth Dem* 2005:20:211.
72. Pasman HRW et al. Discomfort in nursing home patients with severe dementia in whom artificial nutrition and hydration is forgone. *Arch Intern Med* 2005;165:1729-35.
73. Hoffer LJ. Tube feeding in advanced dementia: the metabolic perspective. *BMJ* 2006;333:1214-15.

74. Mitchell SL et al. A decision aid for long-term tube feeding in cognitively impaired older persons. *JAGS* 2001;49(3):313-16.
75. Monteleoni C, Clark E. Using rapid-cycle quality improvement methodology to reduce feeding tubes in patients with advanced dementia: before and after study. *BMJ* 2004;329:491-4.
76. Simmons SF. Prevention of unintentional weight loss in nursing home residents: A controlled trial of feeding assistance. *JAGS* 2008;56(8):1466-73.
77. DeLegge MH. Tube feeding in patients with dementia: where are we? *Nutr Clin Pract* 2009;24:214.
78. Miller SC et al. Hospice enrollment and hospitalization of dying nursing home patients. *Am J Medicine* 2001;111(1):38-44.
79. Hanson LC, Ersek M. Meeting palliative care needs in post-acute care settings: "To help them live until they die." *JAMA* 2006;295:681-6.
80. Munn JC et al. Is hospice associated with improved end-of-care in nursing homes and assisted living facilities? *JAGS* 2006;54:490-5.
81. Lynn; Harrold, *Handbook for Mortals*. 1999: 1-14.
82. National Hospice and Palliative Care Organization. www.caringinfo.org.
83. Berry ZS, Lynn J. Hospice medicine. *JAMA* 1993;270:221-2.
84. Callahan D. *The Troubled Dream of Life: In Search of a Peaceful Death*. New York: Simon & Schuster, 1993: 201-202.
85. Morrison RS, Siu A. Survival in end-stage dementia following acute illness. *JAMA* 2000;284:47-52.

86. Riesenberg D. Hospital care of patients with dementia. *JAMA* 2000;284(1):47-52.
87. Volicer BJ et al. Predicting short-term survival for patients with advanced Alzheimer's disease. *JAGS* 1993;41:535-40.
88. Volicer L et al. Hospice approach to the treatment of patients with advanced dementia of the Alzheimer type. *JAMA* 1986;256:2210-13.
89. Volicer L et al. Impact of special care unit for patients with advanced Alzheimer's disease on patients' discomfort and costs. *JAGS* 1994;42:597-603.
90. Rhymes JA, McCullough LB. Nonaggressive management of the illnesses of severely demented patients: An ethical justification. *JAGS* 1994;42:686-7.
91. Mitchell SL et al. Dying with advanced dementia in the nursing home. *Arch Intern Med* 2004;164:321-6.
92. Mitchell SL et al. Hospice care for patients with dementia. *J Pain Symptom Manage* 2007;34(1):7-16.
93. American Academy of Pediatrics Committee on Bioethics and Committee on Hospital Care: Palliative Care for Children. *Pediatrics* 2000;106(2), reaffirmed *Pediatrics* 2007;119(2).
94. Wolfe J et al. Understanding of prognosis among parents of children who died of cancer: Impact on treatment goals and integration of palliative care. *JAMA* 2000;284:2469-75.
95. McCabe MA et al. Implications of the patient self-determination act: Guidelines for involving adolescents in medical decision making. *J Adolescent Health* 1996;19:319-24.
96. American Academy of Pediatrics Committee on Bioethics:

Guidelines on forgoing life-sustaining medical treatment. *Pediatrics* 1994;93(3):532-6.

97. Fried TR, Gillick MR. Medical decision-making in the last six months of life: Choices about limitation of care. *JAGS* 1994;42:303-7.
98. Lipsky MS et al. The use of do-not-hospitalize orders by family physicians in Ohio. *J Fam Practice* 1990;30:61-7.
99. Mitchell SL et al. Decisions to forgo hospitalization in advanced dementia: A nationwide study. *JAGS* 2007;55(3):432-8.
100. Jencks SF et al. Rehospitalizations among patients in the Medicare Fee-for-Service Program. *NEJM* 2009;360(14):1418-28.
101. Meier DE et al. High short-term mortality in hospitalized patients with advanced dementia. *Arch Intern Med* 2001;161:594-9.
102. Naparstek, B. *Staying Well With Guided Imagery*. New York: Warner Books, 1994.
103. Ankrom M et al. Elective discontinuation of life-sustaining mechanical ventilation on a chronic ventilator unit. *JAGS*, 2001;49(11): 1549-54.
104. United States Renal Data System. USRDS 1997 (and 1998) annual data report. Bethesda, MD: Natl. Inst. of Health, Natl. Inst. of Diabetes and Digestive and Kidney Disease; 1997 (and 1998).
105. Renal Physicians Assoc. and Am. Soc. of Nephrology. *Clinical Practice Guideline on Shared Decision-Making in the Appropriate Initiation of Withdrawal from Dialysis*, Wash., DC:

Feb. 2000.

106. Chen JH et al. Occurrence and treatment of suspected pneumonia in long-term care residents dying with advanced dementia, *JAGS* 2006;54(2):290-5.

107. van der Steen JT et al. Withholding or starting antibiotic treatment in patients with dementia and pneumonia: prediction of mortality with physician's judgment of illness severity and with specific prognostic models, *Medical Decision Making* 2005;25(2):210-21.

108. Azoulay D et al. Increasing opioid therapy and survival in a hospice, *JAGS* 2008;56(2):360-1.

109. Bottomley D, Hanks G. Subcutaneous midazolam infusion in palliative care. *J Pain Symptom Manage* 1990;5:259-61.

110. Cernaianu A et al. Lorazepam and midazolam in the intensive care unit. *Crit Care Med* 1996;24:222-8.

111. Johanson G. Midazolam in terminal care. *Am J Hosp Pallia Care* Jan/Feb 1993: 13-14.

112. Mount B. Morphine drips, terminal sedation, and slow euthanasia: Definitions and facts, not anecdotes. *J Pallia Care* 1996;12(4):44-6.

113. National Ethics Committee, Veterans Health Administration, The ethics of palliative sedation as a therapy of last resort, *AJHPM* 2007;23(6):483-91.

114. Stephenson J. The use of sedative drugs at the end of life in a UK hospice. *Pall Medicine* 2008;22:969-70.

115. Battin M. Terminal sedation: Pulling the sheet over our eyes.

Hastings Center *Report* 2008;38(5):27-30.

116. Ely JW et al. The physician's decision to use tube feedings: The role of the family, the living will, and the Cruzan decision. *JAGS* 1992;40:471-5.

117. Fusgen I, Summa JD. How much sense is there in an attempt to resuscitate an aged person? *Gerontology* 1978;24:37.

118. Blackhall LJ. Must we always use CPR? *NEJM* 1987;317:1281-4.

119. Justice C. The natural death while not eating—A type of palliative care in Banaras, India, *J Pallia Care* 1995;11(1):38-42.

120. Callahan D. *The Troubled Dream of Life*, 1993: 81.

121. Lynn J. *By No Extraordinary Means: The Choice to Forgo Life-Sustaining Food and Water*. Bloomington: Indiana University Press, 1989.

122. Stoddard S. *The Hospice Movement: A Better Way of Caring for the Dying*. New York: Random House, Inc.,1991: xii.

123. Sonnenblick M, Friedlander Y, Steinberg A. Dissociation between the wishes of terminally ill parents and decisions of their offspring. *JAGS* 1993;41:599-604.

124. Thomasma DC. Reflections on the offspring's ethical role in decisions for incompetent patients: A response to Sonnenblick, et al. (editorial), *JAGS* 1993;41:684-6.

125. Ahronheim JC. State practice variations in the use of tube feeding for nursing home residents with severe cognitive impairment. *JAGS* 2001;49:148–52.

126. Mitchell SL. Nursing home characteristics associated with tube feeding in advanced cognitive impairment, *JAGS* 2003;51:75-9.

127. Kunin J. Withholding artificial feeding from the severely demented: merciful or immoral? Contrasts between secular and Jewish perspectives. *J Med Ethics* 2003;29:208-12.
128. Clarfield AM et al. Enteral feeding in end-stage dementia: A comparison of religious, ethnic, and national differences in Canada and Israel. *J of Gerontology* 2006;61A(6):621-7.
129. Wolfson C et al. A reevaluation of the duration of survival after onset of dementia. *NEJM* 2001;344(15):1111-6.
130. Rinpoche, S. *The Tibetan Book of Living and Dying*. New York: Harper,1992:34-35.
131. Koch KA, Rodeffer HD, Wears RL. Changing patterns of terminal care management in an intensive care unit. *CritCare Med* 1994;22:233-43.
132. Callahan, D. The Troubled Dream of Life, 1993:149, 151
133. Becker, E. *The Denial of Death*. New York:The Free Press, 1973.
134. Singh, KD. *The Grace in Dying: how we are transformed spiritually as we die*. New York: HarperCollins, 1998.
135. Callahan D. Death: "The distinguished thing." *Hastings Center Report* 2005;35(6):S5-S8.
136. Rinpoche, S. *The Tibetan Book of Living and Dying*, 33.
137. Psalms 103:14-16.
138. Dunn, H. *Light in the Shadows: Meditations While Living with a Life-Threatening Illness, 2nd Ed.*, 2005, p. 67.
139. Frankl, VE. *Man's Search for Meaning*, New York: Washington Square Press,1984: 90.

140. Nuland, SB. *How We Die: Reflections on Life's Final Chapter*, New York: Alfred A. Knopf,1993: 138-139.

141. Stoddard, S. *The Hospice Movement*, 204-205.

142. Rinpoche, S. *The Tibetan Book of Living and Dying*, 95.

143. Stoddard, S. *The Hospice Movement*, 211, 225.

144. Hillesum, E. *An Interrupted Life and Letters from Westerbork*. New York: Henry Holt & Co., 1981: 155.

145. Niebuhr, R. "The Serenity Prayer" (1934), quoted in *Familiar Quotations, 16th Edition*, edited by John Bartlett, Justin Kaplan, Boston: Little, Brown and Company, 1992: 684.

146. Quoted in: Petersen, D. Where the Phantoms Brood and Mourn. *Backpacker*, 1993;21:40-48.

147. Siegel B (interview). *Laughing Matters*. 1990;6(4):127-39.

啟示出版《Soul 系列》

書名	作者／定價	內容介紹
如何去愛	若望・保祿二世／著 定價 240 元	前教宗若望保祿二世親自執筆寫書，提供他的智慧，提供一個指引，做你的專屬心靈導師，教你怎樣愛你自己、愛你的家人，如何滿足內心的渴望、找到幸福的泉源。
無所畏懼：最有力量的聖經禱詞	嘉蘭・柯隆寧／著 定價 240 元	從所羅門王的詩歌、到約伯的哀歌、到瑪利亞的頌歌，101 則直接出自聖經的禱告，引導你在正確的時機做正確的禱告。
101 句讀通聖經	史帝夫・瑞比／著 定價 240 元	《聖經》蘊藏了世界上最寶貴的啟示和力量，本書為你打通閱讀《聖經》困難的任督二脈，提綱挈領地掌握《聖經》的要義，親自體驗《聖經》浩瀚的世界。
隱修士牟敦悟禪	多瑪斯・牟敦／著 定價 270 元	靈修大師多瑪斯・牟敦（Thomas Merton）晚期對於東方靈修、特別是佛學興趣濃厚興趣，本書可以說是牟敦靈修著作的里程碑。
聖經：力量的泉源	吉米・卡特／著 定價 250 元	本書是美國前總統卡特將他在家鄉教會的成人主日學上課講義整理後出版。
等風把雲吹走	蕭世英／著 定價 260 元	超過 70 幅觸動人心的攝影圖片，搭配撫慰人心的最美麗聖經經句，造就一場揮別鬱悶，視覺與心靈的饗宴。
祈禱的美麗境界	奧村一郎／著 定價 220 元	對祈禱感興趣的人都需要讀這本書，從基礎開始，告訴你如何祈禱。本書作者分享一位亞洲基督徒樸實的靈修經驗。
一個人的價值高於全世界：天主教善牧基金會的故事	天主教善牧基金會／著 定價 280 元	善牧基金會主動接觸那些在生活中被排斥、忽略的弱勢族群，從雛妓、婚暴婦女、兒童，乃至中輟生、棄虐兒童、外籍配偶等議題，基金會的成長故事讓人動容。
一個人的聖殿：安頓心靈的七項修鍊	克里斯多夫・傑米森／著 定價 220 元	沃斯修道院的院長克里斯多夫・傑米森，透過西方隱修之祖聖本篤在一千五百年前寫下的規範，以七個修鍊提示，讓你隨時隨地皆能安頓心靈。
上帝的語言	法蘭西斯・柯林斯／著 定價 300 元	柯林斯是 21 世紀初最偉大的科學計畫「人類基因體計畫」的主持人。走在科學頂尖的他，是一位無神論者。26 歲的一晚，當住院醫師的他聽了一位久病的婦人和他分享信仰。那個時刻起，他苦思、拜訪離家不遠的教會、和牧師懇談、閱讀書籍……。這本書就是三十年來的歸信旅程。
彩虹的應許	穆宏志／著 定價 260 元	《舊約》中的場景對現代人而言，已是陌生而不易想像，因此，聖經學博士穆宏志神父，以他對聖經的了解，發揮他的想像力，從聖經章節加以衍伸，寫下二十四則聖經上沒有的故事，讓讀者能「用想像力來讀用想像力寫成的聖經」。讀過之後，對聖經會有更深一層的認識與體會！
教宗回憶錄	若望・保祿二世／著 定價 300 元	本書為前任教宗若望保祿二世晉牧四十五週年以及被選為伯多祿繼承人二十五週年時，受邀寫的回憶錄，時間是從一九五八年被任命為主教那年開始。教宗將自己從開始擔任主教工作起得到的心靈啟發形諸於文字，好與他人分享基督之愛的標記。在書中分享許多波蘭主教在納粹時期與共產時期遇上的困境，其中也包括他自己的遭遇，在困難重重之中，他們依然秉持信念執行天主的工作，鼓勵人們，其中包括許多鼓勵年輕人的智慧話語，以及從中得到的淚水與喜悅。

啟示出版《Soul 系列》

書名	作者／定價	內容介紹
泰北愛無間	孫暐皓台灣愛鄰社區服務協會／著 定價 240 元	「亞細亞的孤兒」的現場報導與「美斯樂」的旖旎風景，織就一本教會團體不為人知的善行故事。有三十三次戒毒最後成功且成為牧師、從一無所有進而推展「福音戒毒」的緬甸華僑；有「煮飯沒有砧板，把外面樹幹砍下來削平就好啦」的泰北版佐賀阿嬤……笑中帶淚地喚起「愛心化行動．天涯若比鄰」的人性光明面。
愛在生命轉彎處	李晶玉／著 定價 240 元	本書要述說的是：王文祥（美國台塑公司總裁）、紀寶如（知名童星藝人）、唐德蓉（中視新聞部採訪中心副主任）和邵揚威（雅比斯建設公司總經理）夫妻檔、馬之秦（電視電影名演員）、張成秀（台灣 Google 總經理）、郭小莊（國寶級國劇名伶）、黃晴雯（Sogo 百貨董事長）、魏德聖（電影《海角七號》導演）的生命故事，述說他們受到影響的歷程，那些不為人知的生命轉折。而改變之後，他們現在活得更好。
我的慢飛天使	林照程、蕭雅雯／著 定價 250 元	林照程、蕭雅雯這對音樂家夫婦，原本擁有人人稱羨的富裕生活，然而隨著兩個女兒皆為遲緩兒的相繼出生，一切的美夢都破碎了！四處求醫、求神問卜，甚至因此放棄音樂事業、欠下巨債……他們如何面對一連串的打擊？所幸他們在進入教會後有了改變，不僅坦然面對兩個孩子的缺陷，還償還了龐大的債務，更成立天使心基金會，以協助身心障礙者的父母及家人走出人生困境。
淨心	克里斯多夫． 傑米森神父／著 定價 200 元	快樂不是一種成就，而是與生俱來的天賦和本性。本書以西方隱修士淨心的靈修方式，教你如何消除造成不快樂的八種負面思想，分別是冷淡、貪吃、情慾、貪婪、憤怒、悲傷、虛榮、驕傲；並針對每一個想法及其造成的後果，提出隱修士身體力行的有效對治方法。當能扭轉心境後，不論外在情境如何，喜樂將盈滿你的心靈。
活出愛	單國璽樞機主教口述、蘇怡任採訪撰述 定價 300 元	台灣的第一位的樞機主教善國璽，在 2006 年，被檢查罹患了肺腺癌。從醫生告知剩下不到半年的壽命，現在五個半年過去了。好消息是，他的左肺腫瘤不見了，右肺的腫瘤也縮小中。他藉由本書向所有的人見證信仰的歷程、抗癌力量，和笑談生死的豁達，並傳達造物主的大愛、生而為人的愛，以及八十多年的人生體悟。
向生命說 Yes ！	維克多．弗蘭克／著 定價 280 元	本書作者為維也納第三心理治療學派的創立者。二戰期間遭囚禁於奧許維茲、達浩等集中營長達三年。本書即是集中營在期間的經歷與沈思，呈現人們如何在極端痛苦之下，將自身對生命的冀希轉化成對生命的承擔與回應。自出版迄今，轟動全球，堪稱為研究人類心理學與精神不可不讀的一本經典之作。
第三位耶穌	狄帕克．喬普拉著 定價 280 元	第三位耶穌是「開悟的覺者」，他的教導，不僅針對以他的名字所建立的教會，也適用於全人類。他教導的對象是每個想親自體會神性、想得到所謂恩典或上帝意識及開悟智慧的個人。無論我們依循哪個傳統，我們共享一個宇宙智慧，因為，我們的命運是相連的。

啟示出版《Talent 系列》

書名	作者／定價	內容介紹
牧羊人領導	布雷恩．麥考米克／著 定價 240 元	作者從優美的詩歌中擷取靈感，運用古老的智慧，幫助現代專業人士面對今日的領導難題。更提出一種願景模式，讓領導統御改頭換面，既適用於大企業，也適用於小公司。
僕人領導學	羅伯．格林里夫／著 定價 300 元	格林里夫首開先河，探討領導者與追隨者之間的關係，強調領導者必須注意其他人的需求，僕人領導學的影響力絕不限於企業。
栽培領袖： 耶穌會的人才學	克里斯．勞尼／著 定價 300 元	曾是耶穌會士與摩根公司主管的克里斯．勞尼，在這本創紀元的著作中，披露了 450 餘年以來，為耶穌會領導人在多樣化經營中奉為指針的領導原則。
妳，要有主張	凡妮莎．歐克斯／著 定價 220 元	作者以豐富的想像力揉合聖經學者縝密的考據，呈現舊約聖經中女性故事的新詮釋，讓她們的試煉和勝利，能適用於今日的女性。
幸福女人啟示錄	凡妮莎．歐克斯／著 定價 220 元	作者歐克斯博士縝密考證歷史與經典，重新賦予聖經女子生命。她們不怕挑戰既定價值觀、不盲從、有遠見，聖經女子的智慧值得深思咀嚼。
所羅門王的智慧箴言	史蒂芬．蘭恩／著 定價 240 元	舊約聖經中的箴言相傳是有智慧的所羅門王所著，基督教初期教會便稱呼這部書和約伯記、傳道書為「智慧書」。這部書堪稱人生的智慧錦囊。
享受工作的 10 個態度	杰克斯主教／著 定價 240 元	這本書是為了每天早上拖著沈重的步伐去上班的人而寫，要得到力量克服職場的惡劣環境，這本書絕對必讀。
耶穌的生命智慧	穆宏志／著 定價 240 元	三十四則耶穌的比喻，三十四則用故事而不是口角說服人的實例。
領導的聖經	洛林．伍爾夫／著 定價 260 元	聖經中的領導人是領袖中的領袖，他們的成就和他們影響深遠的行事方法可以給今日企業領袖全新的思考方向。
從 No 到 Go： 界線越清楚，自由越無限	大衛．麥肯納／著 定價 200 元	看似是束縛的規範、紀律 (No)，卻是自由自在 (Go) 揮灑的靠山。與其說這本書是談領導，倒不如說它是提供新鮮幽默的處世哲學。
耶穌在哈佛的 26 堂課：現代人的道德啟示錄	哈維．考克斯／著 定價 320 元	利用千百年來的猶太教與基督教神學探索的問題、辯論、回答，汲取耶穌拉比的智慧。並示範如何衍伸耶穌的譬喻，繼而銜接古代與現今的世界。
紅海突圍： 看跨國企業如何應用摩西式領導	貝哈德．費雪—阿貝特／著 定價 260 元	以 12 個知名跨國企業的改造歷程為例，提煉出先知的領導智慧，幫助企業抵達「流奶與蜜」的應許之地。
慈悲領導	查爾斯．曼茲／著 定價 220 元	本書針對領導人如何引導他人發揮潛力，提出精闢的解決之道。並引用《聖經》裡的訓示，讓有抱負的領導人具備這些曾令億萬人人生產生劇變的歷史智慧。
聖經的教養智慧	約翰．羅斯門／著 定價 320 元	本書榮獲 2009 年「美國母親票選好讀獎」。本書作者是位心理學家，但這本書卻一點也沒有「心理學氣」。它務實、符合常識和人性，解決父母長久以來對養兒育女所感到的焦慮、緊張與挫折。書中的諸多原則和方法，告訴你如何善用父母的領導能力，讓孩子和你自己都能得到好處，輕鬆教出聽話和服從管教的孩子。

活出工作的意義	艾歷克斯·佩塔可斯博士著 定價 300 元	本書作者依據維克多·弗蘭克醫師的「意義治療法」，凝聚出七大核心原則，幫助人們找出生命與工作的價值。聯合國教科文組織、聯合國兒童基金會、美國紅十字會等，都指定本書為志工培訓教材，幫助人們重建心靈、落實工作與生命的意義。

啟示出版《Knowledge 系列》

書名	作者／定價	內容介紹
聖經、魔戒與奇幻宗師	柯林·杜瑞茲／著 定價 240 元	全世界第一本解讀兩位奇幻宗師《魔戒》作者 托爾金與《納尼亞魔法王國》作者 路易斯（C.S. Lewis）友誼的著作，將揭露奇幻文學世界的「雙城奇謀」。
耶穌的母親瑪利亞	段特·隆傑內克 / 大衛·葛斯塔森／著 定價 250 元	你聽過她的名字，但是知道她是誰嗎？本書一一解釋貞女生子、無染原罪、終身童真、天主之母、聖母顯現，為你解開基督宗教最難解的謎團。
認識基督宗教的第一本書： 過聖誕節的理由	艾斯·柯林斯／著 定價 250 元	為什麼要慶祝聖誕節嗎？聖誕卡又是怎麼誕生的嗎？為什麼要送聖誕禮物？X mas 這個字是如何發明的？……本書就是在介紹這些聖誕節風俗的來歷和有趣的故事。
聖經一本通	裘·帕波奇／著 定價 180 元	破解常見的《聖經》恐懼症，以淺白的口語解釋《聖經》的架構、解說《聖經》不同的書寫體例，讀者打開聖經之後該如何詮釋聖經，以及如何利用各種工具研讀聖經。
有趣的聖經故事	中見利男／著 定價 280 元	本書透過著名的故事情節，簡單解說聖經的世界。特別網羅所有對後世文學及繪畫有深遠影響的動人畫面，並將「世界的常識」──聖經寫成一本花兩小時就能輕鬆讀完的書。
基督宗教簡明史	理查·哈里斯 / 亨利·梅爾─哈亭／著 定價 280 元	本書是牛津大學在 1999 至 2000 年的學年期間，邀請許多專家學者演講的結集，學者們深入淺出地闡述他們專精的那個時代中與基督宗教相關的歷史事件及其對基督宗教可能的影響。
聖經故事圖解	中村芳子／著 定價 280 元	作者本人為財務諮詢顧問，因一則聖經內的故事引發研讀聖經的興趣，以簡單易懂文字、輔以淺顯易懂的圖表，跟大家分享聖經的智慧。
聖經人物誌：400 位聖經名人故事集	草野巧／著 定價 280 元	依照時代順序介紹舊約和新約中四百位重要人物；他們相愛、憎惡、絕望、背叛…，許多情節比小說還精采。透過這些人物的串連，提供另類解讀聖經的途徑。

啟示出版《智慧書系列》

書名	作者／定價	內容介紹
一念之間：100 個心靈故事	蘇拾瑩／著 定價 250 元	以 100 個故事喚起你內在的心靈秩序，確立態度，只在一念之間。幫助你我確認生命的真正價值，釐清什麼是自己最重要的事情，隨時準備好面臨抉擇。
愛的信念：潔淨心靈的 50 則愛的故事	蘇拾瑩／著 定價 250 元	延續之前《一念之間》的架構，以簡短的心靈勵志小故事，與讀者分享作者豐富的人生經驗，希冀能讓讀者從中獲取心靈的慰藉與感動。
轉念，遇見幸福：美好人生的 80 個心靈法則	彭蕙仙／著 定價 260 元	作者從事採訪工作二十餘年，不僅個人的人生歷練豐富，採訪心得也相當精采。她寫下每日早上的靈修默想，其中包括來自個人生活體驗、閱聽感想和採訪所得，她對生活週遭人事物的體驗和感動，或是信仰中的自省。
抉擇的智慧：扭轉人生的 52 篇心靈故事	蘇拾瑩／著 定價 250 元	在人生與信仰的道路上，充滿著岔路與分歧，該如何抉擇才能通過考驗呢？本書作者分享她從困頓中學習到的人生經驗、及智慧的價值觀，提供每週一篇的精彩故事與討論話題，陪伴讀者度過徬徨抉擇的困惑時刻！

啟示 Apocalypse Press 出版

廣　告　回　函
北區郵政管理登記證
北臺字第000791號
郵資已付，免貼郵票

104　台北市民生東路二段141號2樓

英屬蓋曼群島商家庭傳媒股份有限公司城邦分公司　收

請沿虛線對摺，謝謝！

啟示 Apocalypse Press 出版

書號：　1MB016　　　書名：　愛的抉擇

請於此處用膠水黏貼

啟示 Apocalypse Press 出版

讀者回函卡

謝謝您購買我們出版的書籍！請費心填寫此回函卡，我們將不定期寄上城邦集團最新的出版訊息。

姓名：______________________

性別：□男 □女

生日：西元 ________ 年 ________ 月 ________ 日

地址：______________________

聯絡電話：____________ 傳真：____________

E-mail：______________________

職業：□1.學生 □2.軍公教 □3.服務 □4.金融 □5.製造 □6.資訊
□7.傳播 □8.自由業 □9.農漁牧 □10.家管 □11.退休
□12.其他 ______________________

您從何種方式得知本書消息？

□1.書店□2.網路□3.報紙□4.雜誌□5.廣播 □6.電視 □7.親友推薦
□8.其他 ______________________

您通常以何種方式購書？

□1.書店□2.網路□3.傳真訂購□4.郵局劃撥 □5.其他 ____________

您喜歡閱讀哪些類別的書籍？

□1.財經商業□2.宗教、勵志□3.歷史□4.法律□5.文學□6.自然科學
□7.心靈成長□8.人物傳記□9.生活、勵志□10.其他 ____________

對我們的建議：

____

____

____

____

請於此處用膠水黏貼

國家圖書館出版品預行編目資料

愛的抉擇——如何陪伴療護與尊重放手／漢克・鄧恩（Hank Dunn）著；杜柏譯.——初版.——臺北市：啓示初版：家庭傳媒城邦分公司發行, 2009.10
面：　公分.——（Talent系列：16）
譯自：Hard Choices for Loving People: CPR, Artificial Feeding, Comfort Care, and the Patient with a Life-Threatening Illness, Fifth Edition
ISBN: 978-986-7470-45-4（平裝）

1. 安寧照護　2. 生命終期照護　3. 居家護理　4. 特殊餵食
5. 醫學倫理

419.852　　98016943

Talent系列16

愛的抉擇——如何陪伴療護與尊重放手

作　　者／漢克・鄧恩（Hank Dunn）
譯　　者／杜柏
企畫選書／彭之琬
責任編輯／許如伶

版　　權／林心紅
行銷業務／林詩富、林彥伶
總 經 理／彭之琬
發 行 人／何飛鵬
法律顧問／台英國際商務法律事務所 羅明通律師
出　　版／商周出版
台北市104民生東路二段141號9樓
電話：(02) 25007008　傳眞：(02)25007759
E-mail：bwp.service@cite.com.tw
發　　行／英屬蓋曼群島商家庭傳媒股份有限公司 城邦分公司
台北市中山區民生東路二段141號2樓
書虫客服服務專線：02-25007718；25007719
服務時間：週一至週五上午09:30-12:00；下午13:30-17:00
24小時傳眞專線：02-25001990；25001991
劃撥帳號：19863813；戶名：書虫股份有限公司
讀者服務信箱：service@readingclub.com.tw
城邦讀書花園：www.cite.com.tw
香港發行所／城邦（香港）出版集團有限公司
香港灣仔駱克道193號東超商業中心1樓_ E-mail:hkcite@biznetvigator.com
電話：(852) 25086231　傳眞：(852) 25789337
馬新發行所／城邦（馬新）出版集團【Cité (M) Sdn. Bhd. (458372U)】
11, Jalan 30D/146, Desa Tasik, Sungai Besi,
57000 Kuala Lumpur, Malaysia
電話：（603）90563833　傳眞：（603）90562833

封面設計／李東記
排　　版／極翔企業有限公司
印　　刷／韋懋印刷事業有限公司
總 經 銷／聯合發行股份有限公司 電話：(02) 29178022　傳眞：(02) 29156275

■2009年11月3日初版
定價240元
Printed in Taiwan

城邦讀書花園
www.cite.com.tw

 ISBN 978-986-7470-45-4